안티크리스트

Der Antichrist.

Fluch auf das Christenthum.

니체의 인쇄된 원고에 있는 《안티크리스트》의 최종 표지
니체가 지워버린 두 번째 줄에는 '모든 가치의 전도'라고 씌어 있다.

안티크리스트

프리드리히 니체 지음 | 나경인 옮김

이너북

Der Antichrist.

Versuch einer Kritik des Christenthums.

Erstes Buch

der Umwerthung aller Werthe.

지금 내가 하는 말은 어쩌면 소수의 사람들만 받아들일지도 모른다. 게다가 솔직히 말하면 이 책의 내용을 여러분이 이해하기 어렵지 않나, 하는 생각도 든다.

나는 열정을 가지고 이 책을 썼다. 그 점을 이해하기 위해서 여러분은 먼저 정신적인 문제에 대해 엄격하고 정직해져야 한다.

내가 가장 하고 싶은 말은 인간은 고귀하게 살아야 할 가치가 있다는 것이다. 그럼 어떻게 하면 고귀하게 살 수 있을까.

예를 들면 현재의 정치 상황에 넌더리를 내는 사람이 많다. 개중에는 "정치 따위 내 알 바 아니야." 하는 사람도 상당수 있을 것이다. 나는 그런 현상이 지극히 바람직하다고 본다.

정치 같은 일에는 직접적으로 관계되면 안 된다. 위에서 내려다보며 무시하는 게 차라리 낫다. 자못 심각한 표정을 짓고 "진리가 도움이 될까?"라든가 "진리가 재난이 되는 것은 아닐까?" 하고 생각해서는 안 된다. 그것은 진정한 문제가 아니기 때문이다.

생각하기를 주저할 만한 문제를 사랑하는 것.

'그런 것을 생각하면 안 돼' 라는 말을 들을 만한 생각을 하는 것.

이런 것들이 훨씬 더 중요하다.

혼자서 미로 속을 헤쳐나가는 것.

새로운 음악을 구별할 수 있는 귀를 갖는 것.

주변뿐 아니라 멀리까지 내다볼 수 있는 눈을 갖는 것.

그리고 지금까지 숨겨 온 진정한 문제를 순수한 마음으로 마주하는 것.

나는 이런 것들이 가장 중요하다고 생각한다.

이러한 힘들을 '의지의 힘'이라 부른다. 나는 여러분이 '의지의 힘'을 가졌으면 한다. 또한 '의지의 힘'을 갖고 있는 자신을 존경하고 사랑하며 자랑스러워 했으면 좋겠다.

나는 그런 사람들을 위해 이 책을 썼다. 그런 사람들은 유감스럽게도 나와는 인연이 없는 '단순한 인간'에 지나지 않는다. 나는 '단순한 인간'과 인간은 다르다고 본다. 인간은 힘과 영혼의 높이를 가지고 '단순한 인간'을 극복해야 한다.

그러기 위해서 여러분은 시시한 것은 시시하다고 분명히 경멸할 수 있어야 한다.

프리드리히 니체

차례

제1장

우리 시대의 안티크리스트

주체적인 종교인은
살아 있는 인간,
자기 자신이 자기 충족성을 가진 인간,
자기 자신을 법칙화하는 인간,
자기 자신의 최고권을 가진 인간을
향하는 사람이다.

안티크리스트, 신앙인의 올바른 종교관에 관한 의미 있는 일침

한국 사회에 던지는 안티크리스트의 의미

127년 전, 서구의 지성계를 발칵 뒤집어놓은 한 천재 철학자의 위험한 책 한 권이 전복顚覆된 한국 사회를 되돌아보게 하는 의미심장한 물음표로 우리에게 많은 것을 묻고 있다.《안티크리스트》! 크리스트 일신교의 위험과 노예성을 간파하며 주체적인 인간의 철학과 참된 종교의 가치에 대해 적나라하고 예민하게 담아 낸 철학영성서. 독일의 사상가이자 철학자, 근대의 시대에서 현대성을 발견했던 한 초인이 세상을 향한 지독한 사랑과 준엄한 자기 성찰로 지금 우리에게 묻고 있다.

한국 사회를 충격과 비탄의 소용돌이 속에서 헤어나지 못하게 하는 세월호 참사는 미증유의 슬픈 연대 속에서 우리 사회의 오랜 의문이었던 이단의 세력과 그 배후의 권력이라는 악몽 같은 종교의 폐해를 다시 돌아보게 한다.

세월호의 배후에는 K파(과거 권모 목사가 창시)라는 종교단체가 있다. 이미 교단으로부터 이단으로 진단받은 이곳의 교주 유병언이 바로 이번 세월호 참사를 일으킨 C해운의 실소유자이다. 이 단체는 과거에도 오대양 사건으로 큰 파장을 불러일으키며 한국 사회를 경악하게 만든 바 있다.

K파의 교리를 보면 니체가 《안티크리스트》에서 시종일관 비판했던 노예로서의 종교인들의 실상이 적나라하게 드러난다. 그들은 철저하게 자신들만이 구원받겠다고 하는 이기주의와 개인주의 그리고 편협한 종교관을 적나라하게 보여주고 있다. 세월호의 선장과 선원들은 자신들의 안일을 위해 수많은 사람들의 목숨을 헌신짝처럼 버리고 자신들만 살아남겠다고 하는 비인간성을 드러냈다.

K파의 종교논리는 간단하다. 교주 앞에 자신들의 재산과 이권을 모두 바쳐 일찌감치 죄 사함을 받으면 어떻게 생활해도 영혼 구원을 받는데 지장이 없다는 자기중심적인 종교관을 갖고 있는 것이다. 단한 번의 죄 사함을 받으면 반복적인 회개를 할 필요가 없다고 하는 억지 주장은 물론, 정통교회가 아닌 자신들만 구원을 받는다고 한다.

이쯤에서 우리는 니체가 말하고자 하는 기독교의 폐해와 노예적인 신앙인의 자기 기만에 대해 살펴보지 않을 수 없다.

니체는 《안티크리스트》에서 철저히 기독교의 반종교성을 문제 삼고 있다. 니체는 적어도 기독교가 대부분의 신도들에게 종교와 아무런 관계가 없는 물욕적이고 반주체적인 신앙관을 강요한다고 말한다. 니체 자신이 말하고 있듯이, 기독교는 희생과 겸손을 경건한 지위에 올려놓은 부드러운 도덕주의, 그 이상이 아니다. 종교의 가장 핵심적인 가치라 할 수 있는 신, 자유, 영생은 우애성과 합리적인 성향에 자리를 내주었다. 그리하여 사람들은 이것들이 전 우주를 지배한다고 믿었다. 기독교의 수천 년에 걸친 세뇌적 강요로 인해 종교의 가장 중요한 가치인 신, 자유, 영생은 단지 전통으로써만 기념되는 타락한 종교 형태로 남게 되었다. 이 허위가 니체를 괴롭혔고 기독교를 거부하게 되는 중요한 사상적 준거로 작용하게 된 것이다. 니체는 기독교의 전체 역사 위에 이 위장과 허위를 계속 투사했고, 그리하여 시대의 몰락을 기독교의 몰락에 의해 설명할 수 있게 되었다. 말하자면, 종교는 오늘날에도 그렇듯, 초기 기독교인들에게도 하나의 위선이었다. 그러나 이 위선은 결국 허울이 벗겨지며 폭로되었고, 그 결과 현재의 문화의 몰락에 이르게 된다.

그는 실재에 대한 현재의 위장과 그가 기독교의 원초적 위장이라고 보는 것을 비교했고 그 관계를 설정했다. "인간은 이제 도덕이라는 일반적 복지에 이바지하는 동감적이고 무관심성의 문명화된 행동을 경험한다. 그것은 아마 기독교가 유럽에서 만들어 낸 가장 일반적인 결과일 것이다. 이 결과를 원래 의도하지는 않았지만, 가르치지도 않았었다. 그러나 그것은, '오직 하나만이 필요하다는 것'에 대한, 개인의 영원한 인간적 복지의 절대적 중요성에 대한, 기독교적 독단에 대한 기독교 신앙, 다른 것, 아집적이고 근본적인 신앙 — 그 신앙이 배경으로 물러간 이후에 남게 된 기독교적 감정의 퇴적물이었고, 따라서 전경前景으로 나오게 된 '사랑'과 '이웃 사랑'에 대한 부수적 신앙인 것이다."

《안티크리스트》에서 니체가 지적했던 '종교가 도덕이라는 일반적 복지에 이바지하는 동감적이고 무관심성의 문명화된 행동', '개인의 영원한 인간적 복지의 절대적 중요성에 대한, 기독교적 독단에 대한 기독교 신앙', '다른 것, 아집적이고 근본적인 신앙' 등의 논리는 그대로 우리 사회의 이단종파들이 추종해 마지않는 세속적이고 자기 중심적이며 기복적인 자기 구원만의 종교에 그대로 들어맞는다. 바로 K파와 유병언, 그리고 S교회를 비롯해 한국 사회를 들끓게 했던 수많은 이단종파들의 모습과 크게 달라 보이지 않는다.

K파는 자기 가족이라도 전도를 받아들이지 않으면 구원받을 자격도, 가치도 없는 쓰레기로 취급하고 있다. 세월호에 탑승한 대부분의 승객들은 구원받은 신자가 아니기 때문에 당연히 구원받지 못한 이방인으로 여기고 있다. 따라서 절체절명의 위급한 순간에 구원받지 못한 이방인들을 건져 낼 필요가 없다고 하는 그들의 종교적 가치관이 무책임한 행동으로 표출된 것은 아닌가 하는 의구심을 갖

게 된다.

마태복음 1:18에 "예수의 나심이 이러하느니라."는 말씀은 원어적 문법상으로 현재진행 미래완료형으로 "예수의 나심이 과거에도 있었지만 오늘도 탄생되고 앞으로 계속 되어져야만 된다."는 말씀이 담겨져 있다는 것이다. 따라서 예수 그리스도의 탄생은 과거의 어느 날에 국한되어진 것이 아니라는 것이 중요한 핵심이다.

하나님께서 우리에게 주신 구원은 과연 무엇일까? 단순히 위험한 지경에서 건짐을 받거나 죄악 된 세상에서 격리되도록 빼내 주신 것을 의미하는 것인가? 의문 속에 성경의 다음 구절에서 의미심장한 하나님의 역사를 짚어본다.

"죄에서 구원을 받았다는 것은 죄의 근원적인 본질과 원형을 갖고 있는 공허와 혼돈과 무지를 의미하는 것으로부터 구원을 받았다고 하는 것을 의미한다. 이것이 바로 하나님의 자녀가 되었다고 하는 개념과 차이가 있는 것이다. 즉, 내 안에 거주하시고 존재하시는 주 하나님 그리고 주 예수님과 연합하여 하나가 되어야만 얻는 구원을 말한다. (고전6:17)"

얼마나 명료하고 확실한 말씀인가. 하나님께서 말씀하시는 구원은 K파가 말하는 '몇 년 몇 월 며칠 구원받았다는 날이 반드시 있어야 된다' 는 구원의 공식이 중요한 것이 아니다. 성경에는 분명히 과거의 구원도 중요하지만 지금 현재 자신이 구원받기 위해서 어떻게 살아야 하는지를 명료하게 제시하고 있다. 현재 구원이 중요하고 더불어 미래 구원도 중요하다는 의미이리라. 따라서 작금의 왜곡된 구원관은 구원에 대한 신앙인과 신앙 지도자의 그릇된 교육에서 비롯된 한낱 현실주의 신앙에 불과하다. 이를 깨닫고 많은 기독교인과 일반인들은 올바른 구원관에 대한 인식을 새롭게 해야 할 것이다.

이미 연예계나 정치계 그리고 경제계에 구원파를 추종하는 세력들이 포진되어 있다. 현재 구원파는 P목사, 안양의 L목사를 비롯하여 이번 사건 배후인물인 유병언 등 세 그룹으로 분류할 수 있다. 더 세부적으로 분류한다면 추종세력이 상당수에 이른다고 추산할 수 있다.

자기들만 구원받겠다는 하는 교리를 내세운 구원파 종교집단이 거액의 재산을 확보하는 과정 속에 진정한 기독교의 기업윤리는 철저히 실종되었다. 하나님의 이름을 빙자하여 철저하게 한 개인으로부터 이용당하는 종교단체가 더 이상 이 땅에 뿌리를 내려서는 안 된다. 그건 바로 니체가 한 세기 전에 밝혔던 거짓 신앙이 가져온 너무나 초라한 인간의 노예근성에 다름아니기 때문이다.

생의 중심적인 인생을 사는 종교인의 자세

지금 한국의 개신교는 신앙인은 물론이고 일반인에게까지 그 이미지가 바닥으로 치닫고 있다. 한국 기독교가 올바르게 세워졌다면 세계에서 가장 많은 이단과 사이비를 갖게 된 나라라는 오명은 쓰지 않았을 것이다. 하지만 작금의 한국 기독교는 수많은 비리와 극단적인 복음의 수단(예수천국, 불신지옥 등등)들이 개신교의 근본적인 이미지를 실추시키고, 이로 인해 욕을 먹고 있는 실정이다. 한마디로 한국 교회는 지독한 위험천국으로 치닫고 있는 상황이다. 이렇게 한국 교회가 어려움에 빠지게 된 이유는 여러 가지가 있겠지만 무엇보다도 이 모든 폐해의 원인을 꼽으라면 한국 교회의 '교만함'을 말하지 않을 수 없다. 성경에도 '교만은 패망의 선봉이다'며 신앙인의 교만을 극도로 경계하고 있다.

한국 교회는 기독교가 이 땅에 들어온 후부터의 양적인 성장으로 인하여 세속적인 힘을 가지게 되었고, 자신도 모르는 사이에 교만해지게 되었다. 그 교만함과 어리석음이 가중되어 치유하기 어려운 지독한 불신교회로 변해 가고 있는 것이다. 문제는 이러한 양적 성장이 커지면서 세속적인 한국 기독교의 목소리도 점점 더 높아져가는 아이러니한 상황이다. 한마디로, 일종의 '권력'이 생긴 것이다. 이때부터 한국 교회는 세속적인 것들을 즐기기 시작했다. 그러면서 자신도 모르는 사이에 세상과 사회에 대하여 점점 거만한 자세를 취하고 있다. 이 그릇된 종교적 권력을 행사하여 그것으로 세상을 움직이고, 더 나아가 교회 자신의 이익을 도모하려는 치명적인 어리석음에 빠져들고 있는 것이다.

이쯤에서 우리는 니체가 《안티크리스트》에서 주창했던 기독교의 휴머니즘에 대해서 한번쯤 들여다 볼 필요가 있다.

니체가 주창하는 종교인의 바른 자세는 바로 종교인 스스로 생의 중심적인 인생을 사는 것이다. 휴머니즘의 기본 의미를 파악한 사람이라면 ― 세상의 구세주로서 십자가에 못 박힌 그리스도를 부정하는 ― 니체를 왜 급진적인 휴머니스트라고 부르는지 이해하게 될 것이다. 그는 휴머니즘에서 모든 허식을 제거해 버렸고, 기독교를 향하는 일체의 모든 것을 배제하였다.

어쩌면 니체는 철학에 있어서의 휴머니즘이 자기 자신을 논하거나 평가할 수 없다는(이성, 혹은 과학적 방법 그 자체의 충분함을 토대로) 단순한 철학보다는, 좀 더 다른 것보다 본질적인 것, 더 나은 것을 의미한다고 인식했을 것이다. 또한 그러한 이성적 철학에 의해 스스로의 기반을 세우고 스스로를 강화시키는 인간의 자기 충족성과 절대성 그리고 주체성과 가치를 의미하며 이를 함축한다고 보았다. 그런 의미로써 니체는 분명히 휴머니즘을 깨달았고 이에 입각한 주체적인 신앙생활을 강조했다. 그가 휴머니즘의 본질이라고 생각하는 것은 살아 있는 인간, 자기 자신이 자기 충족성을 가진 인간, 자기 자신을 법칙화하는 인간, 자기 자신의 최고권을 가진 인간을 향하는 것이었다.

니체는, 오직 십자가에 못 박힘과 대속을 통해서만 구원될 수 있다고 하며 휴머니즘의 상실을 설교한 그리스도에 대항하여 자기 자신을 최고로 삼는 인간을 제시하였다.

지금 기독교에 필요한 정신은 니체가 말하는 자기 충족성과 주체성을 지닌 올바른 휴머니즘을 갖추는 것이다. 한국 교회의 휴머니즘 회복은 목회자와 맡은 바 소임을 받은 자들이 자신의 자세를 낮추고 겸손해지는 것으로부터 출발한다. 종교지도자들의 자기 낮춤과 겸손의 토대 위에 일반 신앙인들은 자신의 생을 본질적이고 주체적으로 성장시켜 나아가는 기독교인이 되는 방법을 터득해야 한다.

위로부터의 반성과 아래로부터의 자존이 조화 돼 한국 교회 전체가 세상과 사회를 향하여 겸손한 자세를 취하는 일이 무엇보다도 중요하다.

우리 사회에서 기독교가 지탄을 받았던 사례로는 몇몇 종교 권력자가 우리 사회에 제기된 문제를 가볍게 치부한 사례들에서 비롯되곤 했다. 그 한 예로 미국산 쇠고기 수입 문제가 한참 화두가 되었을 때, 시청 앞에서 열린 기독교 집회가 뜻있는 분들로부터 많은 지적을 받은 적이 있다. 당시 교회가 우리 사회 공동의 문제보다는 교회의 이익과 권리를 주장하는 데만 급급한 태도를 보였기 때문이다. 바로 하나님의 '의' 보다는 교회의 '의'를 표방한 정치적인 집회로 삼았기 때문에, 이런 상황을 지켜보는 일반 대중의 시선이 부정적일 수밖에 없었다. 이러한 기독교인들의 어리석음이 세상과 사회의 미움을 사는 것은 어쩌면 당연할 지도 모른다.

하지만 이런 일들로 기독교 자체를 평가하고 무작정 비하하는 것도 옳은 태도는 아니다. 또한 교회가 단체적으로 '좌나 우', '진보와 보수' 등의 정치적 입장을 표명하는 것도 신중히 해야 된다. 왜냐하면 사람들은 각자 자기 나름의 정치적 색깔이 있기 마련인데 종교집단이 한쪽에 치우친 정치적 개입을 하는 것은 정말 지혜롭지 못한 행동이기 때문이다.

지금 한국 기독교에 가장 시급한 과제는 한국 사회에서 일어나는 주요한 과제들을 다룰 때 하나님의 복음을 널리 전파한다는 궁극적 목표 위에서 이를 대해야 한다는 것이다.

현재 세상에는 많은 안티크리스트들이 기독교를 증오하고 비판하고 있다. 하지만 지금 기독교는 교회를 향해 돌을 던지는 사람들에게만 책임을 돌릴 것이 아니라 신앙인으로서 자신에게 책임을 물어 더 발전하고 개혁된 방향으로 나가는 방법을 모색해야 할 때다. 그래야만 기독교가 세상으로부터 '비호감'이 되는 현상을 조금이라도 타파해 나갈 수 있을 것이다.

먼저 교회가 바뀌고 개혁해서 정말 하나님만 바라보며 사회에 이바지하는 본보기가 되면 자연스레 복음이 전파되고 평안과 부흥이 올 것이다.

지금 우리가 《안티크리스트》를 통해서 견지해야 할 자세는 가장 낮고 어려운 곳에서 환하게 촛불의 역할을 담당할 참된 신앙인의 자세를 갖는 것이다. 그건 바로 어느 한 쪽이 아닌, 모두가 하나님이 사랑하는 대상이라는 걸 깨닫고 주인으로서의 주체적인 삶의 태도를 가진 올바른 신앙인으로 살아 가는 것이다. 그래서 한국 기독교를 넘어 전 세계 기독교 전체가 자기중심적인 종교관에서 벗어나 미래 인력에 구원을 줄 수 있는 종교로 거듭나야 한다. 이 아름다운 개혁의 길로 나아가자는 것이 니체가 우리 시대를 사는 신앙인들에게 주는 참다운 메시지이다.

안티크리스트 철학에 관한
의미심장한 해석

그리스도와 니체

니체는 너무 정직했고 지독하게 완전한 철학자였다. 그에게 크리스트교는 인간을 노예로 만들고, 사람을 암흑으로 내모는 사교邪敎로 인식되었다. 니체가 그럴 수밖에 없었던 데는 아이러니하게도 너무나 종교적인 가문의 철저한 기독교 교육이 큰 역할을 하였음을 우리는 알고 있다.

태어날 때부터 개신교 목사의 아들로 자라났던 니체에게 기독교는 세상을 이해하는 알파였고 도덕을 판단하는 바로미터였다. 루터파 목사의 아들인 니체는 평생 동안 기독교에 저항했던 반항아로 단지 복음의 도덕성에 대해서뿐만 아니라 예수의 인격성에 대해서도 반대하면서, 자신과 예수를(아무튼 글로써) 비교하는 일을 결코 멈추지 않았다. 그의 에스프리 넘치는 영성철학서들은 격언체이면서도 운율감이 넘치며, 비유와 기원으로 추상적인 철학의 아성을 무너뜨리려는 한결 같은 맹렬한 비난을 담고 있다. 《안티크리스트》에 표현된 니체의 산문은 철학적인 제안들로 가득 차 있으며, 세상을 향해 주체적 초인超人으로 살 것을 권하고 격려하는 너무나 인간적인 성전聖典이다.

니체에게 예수는 무엇인가?

니체는 왜 그렇게 그리스도에게 대적하고자 했을까? 과연 그는 자신의 대적인 그리스도에 대해 정확히 알고 비판했을까? 철학자들은 대개 그렇지 않다고 대답한다. 그러면서도 철학자들은 니체가 왜 그렇게도 완전하게 그리스도를 이해하려고 했는지, 그토록 혹독하게 투쟁한 것이 무엇인지에 대해서 지금도 분분한 의견들을 내놓으며 니체의 저의底意에 반신반의한다.

니체는 그리스도와 기독교를 매우 예리하게 구별했다. 그것은 아마 그가 기독교로부터 십자가에 못 박힌 자(인류를 위하여 '죄'를 대속한 인간 예수)를 방어하고자 했기 때문일 것이다. 니체는 《안티크리스트》에서 말한다.

"'기독교라는 말은 이미 하나의 오해이다 — 근본적으로 오직 하나의 크리스천이 있었을 뿐이며 그는 십자가에 못 박혀 죽은 이후 — '는 한 걸음씩 그리고 계속적으로 근원적인 상징주의의 오해의 역사였다. 교회는 예수가 비판했던 바로 그것이며, 예수가 제자들에게 투쟁하라고 가르쳤던 대상이다."

니체가 말하고자 했던 예수는 누구인가? 니체는 심리적으로 예수를 완전한 인간의 유형으로 파악했다. 그리고 그가 바라는 예수관은 복음서로부터 도달될 수 있으며, 초대 기독교 공동체가 그리는 바울의 이상을 전부 거부함으로써 도달할 수 있는 완전한 인간과 신의 형상을 한 예수로서 완성되는 것이었다.

니체는 기독교 체계나 신앙이 아닌 생활방식에 의해 다르게 행동하는 인간으로서의 예수를 발견한다. 니체는 이 다르게 행동하는 한 인간 예수를 조명하며 예수의 마지막 모습을 '가장 흥미 있는 몰락'이라고 불렀다. 예수는 실재에 대한 그의 본능적인 증오에 의해, 모든 무신론과 악의에 대한 본능적인 거부에 의해 지배당했다. 그러므로 니체는 왜 예수가 아무런 저항도 없이, 고통을 겪으며, 아무에게도 분노를 터뜨리지 않고 조용히, 아무도 비난하지 않았는지 설명한다. 니체는 예수는 인간의 구원에 관심을 갖지 않았다고 말한다. 오히려 그는 인간이 그러한 본능에 따라 어떻게 살아야 하는가를 강조한다. 이것은 외적 실재에 대한 거부 과정을 통해 가능해진다. 예수는 오직 내적 실재만을 알고 있었다. 니체에게 예수의 죽음은 신적인 의미를 갖지 못했다. 아니 신으로서의 예수의 죽음과 부활은 니체로서는 전혀 무의미한 흔적이었다. 왜냐하면 니체에게 천국은 실재적인 것이 아니라, 마음의 태도였기 때문이다. 니체는 다만 예수로부터 사랑의 공동체가 출발했다고 말한다. 기독교 공동체가 예수의 죽음 이후에 그가 누구이며 왜 그렇게도 수치스러운 죽음을 당해야 했는지 설명해야 하는 문제에 부딪쳤을 때, 예수의 참된 이야기에 덧붙여진 모든 종류의 허구가 생겨났다. 기독교 공동체는 우세한 유대교가 참된 적이라고 느꼈고, 예수가 실존하는 현 질서에 반대하는 혁명에 관심을 쏟았다고 생각했다.

니체는 기독교 공동체는 무죄한 인간, 하느님의 아들이 고통을 당했고 이 일은 신이 허락한 것이었다며 계속해서 허구를 만들어냈다고 선언한다. 기독교 공동체의 입장에서는 신의 아들이 죄의 대속을 위해 희생이 되었다고 해야 했기 때문이라고 했다. 그리하여 죄와 형벌의 관념이 시작되었는데, 니체에 의하면 이것은 완전한 예수와는 거리가 먼 것이었다.

바울의 실상을 폭로해 기독교의 허상을 파헤치다

기독교의 논리적 체계를 세운 사람은 바울이다. 바로 이 점이 니체가 반기독교주의의 핵심 공격 대상으로 바울을 택하게 된 이유였다. 니체는 《여명》이 나온 초반기에, 바울에게 비교적 긴 말을 덧붙여 헌정했다. 이 책에서 니체는 바울을 최초의 크리스천이라고 불렀다. 이 점이 주목할 만한 부분이다. 그건 바로 니체의 반기독교 비판의 핵심이 예수가 아닌 바울이 되는 지점이기 때문이다. 오히려 예수는 니체의 기독교 비판에 있어 배경에 불과했다. 니체는 바울의 실상을 폭로함으로써 기독교를 터무니없게 만들어 파괴하려고 하였다. 그러나 이후에 출간된 《안티크리스트》에서 니체는 바울의 배후에서 예수를 발견했다. 바로 니체의 새로운 적, 가장 큰 적, 수수께끼였던 적을 만난 사실을 알게 되었던 것이다.

그렇다면 니체는 《안티크리스트》에서 어떻게 바울의 실상을 파악해 예수의 진면목에 도달할 수 있었던 것일까? 책에서 니체는 바울을 간질병 환자, 논리학의 대가, 증오의 화신으로 그리고 있다. 니체는 말한다. "바울을 억압했던 강박관념은 법칙의 필요에 대한 실행이었다. 그는 법칙을 수행할 수 없었고, 참으로 그는 법칙을 통해 법칙의 위반을 범했던 것이다. 한 번은 간질병 기간 중에, 그에게 빛이 비쳤다. 그는 더 이상 법칙을 수행하기 위해 그리스도를 박해할 수 없었다. 그리스도는 출구를 마련해 주었고, 법칙의 세력을 파괴했다. 그는 구세주이며, 모든 죄를 물리쳤다. 이것이 생에 대한 바울의 배반이다."

그리스도는 부활했고, 그리하여 크리스천은 언젠가 그와 함께 있게 될 것이고, 그와 닮게 될 것이었다. 그것이 전부이며 생은 아무것도 아니다. 바울이 그의 끝없는 권력욕을 위해 필요로 했던 것이 바로 그것이다. 그러고 나서 바울은 옛 사실에 이러한 사사로운 이야기를 덧붙이기 시작했다. 구약성서까지도(다른 곳에서 니체가 그 비교할 데 없을 만한 훌륭한 스타일을 칭찬했었다) 거짓으로 꾸몄고, 그리하여 예언자들이 구세주의 강림을 예언했다고 위증했다. 바울은 니체에게 있어서 완전한 제사장의 표본이었다. 바울이 없었다면 기독교는 전혀 존재하지 않았을 것이다.

니체, 기독교의 원초적 위장을 폭로하다

니체가 접근했던 기독교는 적어도 대부분의 신도들에게 있어서는 종교와 아무런 관계가 없는 것이었다. 니체 자신이 말하고 있듯이, 기독교는 희생과 겸손을 경건한 지위에 올려놓은 부드러운 도덕주의, 그 이상이 아니었다. 신, 자유, 영생은 우애성과 합리적인 성향에 자리를 내주었고, 그리하여 사람들은 이것들이 전 우주를 지배한다고 믿었다. 단지 전통으로써만 기념되는 타락한 종교 형태가 남았을 뿐이다. 이 허위가 니체를 괴롭혔고, 때문에 그가 기독교를 거부한 것은 이해할만한 일이다. 그러나 그는 기독교의 전체 역사 위에 이 위장과 허위를 계속 투사했고, 그리하여 그는 시대의 몰락을 기독교의 몰락에 의해 설명할 수 있게 되었다. 말하자면, 종교는 오늘날에도 그렇듯, 초기 기독교인들에게도 하나의 위선이었다. 그러나 이 위선은 결국 허울이 벗겨지면서 폭로되었고, 그 결과 현재의 문화의 몰락에 이르게 된다.

니체는 계속해서 실재에 대한 현재의 위장과 그가 기독교의 원초적 위장이라고 보는 것을 비교했고 그 관계를 설정했다. "인간은 이제 도덕이라는 일반적 복지에 이바지하는 동감적이고 무관심성의 문명화된 행동을 경험한다. ─ 그것은 아마 기독교가 유럽에서 만들어 낸 가장 일반적인 결과일 것이다. 이 결과를 원래 의도하지는 않았지만, 가르치지도 않았었다. 그러나 그것은, '오직 하나만이 필요하다는 것'에 대한, 개인의 영원한 인간적 복지의 절대적 중요성에 대한, 기독교적 독단에 대한 기독교 신앙, 다른 것, 아집적이고 근본적인 신앙 ─ 그 신앙이 배경으로 물러간 이후에 남게 된 기독교적 감정의 퇴적물이었고, 따라서 전경前景으로 나오게 된 '사랑'과 '이웃 사랑'에 대한 부수적 신앙인 것이다."

니체가 자기 주변에서 목격했던 몰락과 위선을 싫어한 사실은 많은 것을 설명해 준다. 그러나 왜 그가 초기 기독교마저 위선으로 판단했는지는 설명해 주지 못한다. 이 견해의 근원은 그 스스로에 있고, 그 자신의 몰락 안에 있으며, 무엇보다도 그의 무신론에 있다. 그는 신을 믿을 수 없었다. 그것이 기독교, 바울 그리고 예수에 대한 그의 해석의 이유를 설명해 준다. 니체에 의하면, 신과 천국, 영생, 심판을 다루고 있는 기독교와 바울에게서 발견되는 모든 것은 거짓

위에 기초해 있으며 그리고 대중과 제사장의 권력욕에 기인한다. 이 모든 것은 니체의 문화적 이상을 방해하며, 따라서 기독교는 그의 최대의 적이다. 그러므로 그는 그의 시대에 이 모든 것을 자신이 폭로할 수 있다는 것에 기뻐했다.

예수, 아주 악하고, 아주 고상한 자유로운 정신

그러나 예수는 이러한 사상의 기틀에 들어맞지 않았다. 십자가 위에서의 그의 죽음은 위장이나 위선과 관계없다. 니체는 이 혼란을 명확히 증명할 수 없었다. 그가 그의 무신론적 관점에서 예수를 이해하려고 애썼을 때, 예수는 단지 삶과 행동을 부정한 존재로 비쳐졌을 따름이다. 니체가 예수를 재구성한 것 중에 많은 것은 적합하지 못했다. 즉, 예수는 노할 수도 있었고, 필요하다면 채찍을 휘두를 수도 있었고, 평화가 아니라 칼을 가지고 왔다고 말하기도 하였다. 바리새인들을 비판하였고, 명령내리는 법도 알았고, 제자들에게 커다란 영향을 주어 모든 것을 버리고 자신을 따르게도 하였다. 니체가 예수에 대해 갖고 있던 견해는 약하고 고통 받는 헐벗은 인간, 노예적인 생을 두려워하고 죽음에 매혹된 인간형이었다.

이러한 예수는 니체의 적, 최후의 적이었다. 니체는 이러한 대립들, 생에 대한 예수의 부정과 자기의 완전한 초윤리적인 생의 용납

사이의 대립으로 보았다. 그러므로 니체의 예수에 대한 오해가 그 자신의 견해에서 발생된 것임을 알 수 있다. 정확하게 말해 본다면, 니체가 스스로를 반 그리스도주의자로 느낄수록 그는 예수를 반 니체 즉, 생을 부정하는 인간으로 보게 되었던 것이다. 니체는 신을 믿을 수 없었다. 그리고 논리적으로 죄를 인정하기를 거부했다. 참으로, 그는 죄 위에 기초된 문화를 세우려 했다. 따라서 그는 예수가 인간일 뿐만 아니라 신의 아들이기도 하다는 것, 결정적인 것은 그의 죽음이 아니라 그의 부활이라는 것, 복음이란 그의 고난이 아니라 십자가 위에서 얻은 은혜라는 것을 니체는 이해하지 못했다. 혹은 이해하기를 원하지 않았다.

그러므로 니체에게는 크리스천들이 그리스도를 뒤따르지 못하는 것만이 실재하는 것이었다. 그는 말하기를, 이 실패는 그리스도와 크리스천 사이의 간격이다. 이 실패들에도 불구하고 그리스도와 크리스천들 사이에는 긴밀한 이어짐이 있고 은혜의 밧줄이 있다는 사실을 니체는 보지 못했다. 즉, 그는 믿음의 열매를 구별해 낼 수 없었다.

예수에 대한 자신의 설명에 만족을 느꼈으리라고 말하는 것은 니체에게 부당한 일이다. 이 이론의 배경에는 두 가지가 남아 있었고, 그것이 니체를 괴롭혔다. 하나는 예수가 니체에게 준 것으로 자기의 이론들과 화합될 수 없는 깊은 감동이었다. 그리고 또 하나는 생의 용납과 강한 인간에 관한 자기 자신의 생각이 스스로에게 가져다 준

미궁이었다. 그는 신을 발견할 수 없었고, 그리고 찾으려고 하지도 않았다. 그 까닭은 그가 인간과 자기 자신에 대한 믿음을 유지하길 원했기 때문이다. 즉, 그는 급진적인 휴머니스트가 되기를 원했다. 그러므로 그는 신에게로의 유일한 길, 골고다의 십자가로 향하는 길을 차단해 버렸다. 그에게 있어서 신으로 인도할 길은 없었고, 그 길도 그를 인도하지 않았다. 그러나 어떤 문제로서의 가치가 있는 것이 있었다. 십자가 그리고 그를 사로잡는 누구, 즉 예수가 있었다. 그의 문제들을 해결하기 위해서라면 그는 그 정도까지 나가지는 않았을 것이다. 반대로 그는 반대편의 길을 따라 탐색했을 것이다. 그러나 그곳에 예수는 니체의 적으로서 그의 본보기로서 나타났다. 그는 자기가 예수와 마주 서서 그를 모방하는 것 외에 다른 아무 일도 하지 못했음을 분명히 알았어야 했다.

어떠한 경우에도, 그가 예수를 비웃고 욕했을 뿐만 아니라, 계속적으로 존경심을 증거했던 것은 니체의 정직성과 통찰력을 보여 주는 것이다. 그는 예수를 가장 악한 인간이라 불렀지만, 다른 데에서는 가장 고상한 인간이라고 판단했다. 그는 십자가를 비웃으며 가장 사악한 나무, 가장 파괴적인 힘이라고 했다. 그럼에도 불구하고 한편으로는 십자가를 가장 숭고한 상징이라고도 불렀다. 예수에 관하여 영웅이나 천재라는 관념을 사용하는 것은 우스운 일이며 — 더 나은 말은 백치일 것이다. 그러나 그는 예수를 '자유로운 정신' 가운데서 제외하기를 거부했다. '숭고한', '병들고', '어린아이 같은' 이 말들은 니체가 예수에게 준 평가이다. 그럼에도 불구하고 예수는 짜라투스트라의 선행자였다. 예수와 정반대 인간형인 니체의 이상적 인간에서도 이러한 양면성은 계속된다. "초인은 그리스도의 정신을 가진 시이저이다."라고 니체는 《짜라투스트라는 이렇게 말했다》의 후기에서 말하고 있다.

니체가 문제의 근본에 도달하게 되었을 때, 그는 자기가 예수와 자기 자신 중에 선택해야 된다는 것을 알았다. 그리고 그 다음에 그는 반 그리스도주의자의 예언자가 되고, 다음에는 스스로 반 그리스도주의자가 되기를 원했다. 그는 스스로에게 《이 사람을 보라》는 말을 적용한다. 그럼으로써 니체는 예수와 자기가 구분되는 것처럼 보였다. 그는 예수를 모방하고 그리고 그 반대형을 찾았던 한편, 여전히 니체는 실제로 복음을 기생적으로 파먹고 있었을 뿐이었다.

니체는 모든 것을 파괴했으므로 그는 단념할 필요가 없었다. 그리고 그가 건설을 착수했을 때, 그는 새 것을 세울 수가 없었다. 오직 예수가 했던 것과 그것의 부정을 혼합할 뿐이었다. 그는 이것을 알았던가? 적어도 그는 자기 자신에게나 독자에게 그의 이상적 인간, 초인의 부조화와 이해 불가능성을 감추지 않았다. 그의 정열적인 무모성과 강박증을 감추지도 않았다. 그의 기쁨은 현실적이 아니었고, 그의 정신은 한 번도 평화롭지 못했고, 그는 결코 문제로부터 도피할 수 없었다. 그가 비난해 왔던 기독교의 회색 정신이 바로 자신을 회색 구름처럼 에워싸고 있다는 사실을 그는 알았던가? 크리스천들이 갖고 살아 온, 기반으로 삼아 온 분노감, 그것은 그의 개념에 따른 것인데 — 그 자신의 마지막 분석의 일을 바로 그 분노감이 지배하고 있었다는 사실을 그는 알았을까? 타당한 근거를 갖고 앙드레 지드는 "복음에 대한 질투심 없이 니체를 결코 이해할 수 없다."고 말하였다.

니체는 심연의 가장자리를 방황했으나, 그는 그곳에서 눈을 크게 뜨고 걸었다. 더 나쁜 것은 눈을 감고 방황하는 사람, 혹은 심연으로부터 멀리 떨어진 안전한 길을 택함으로써 문제를 회피할 수 있다고 생각하는 사람들의 몰락이다. 그러한 자들에게는 신은 존재하지 않으며 예수는 공격할 가치도 없는 것이다.

니체는 어떠한 안식처, 그의 사상을 위한 기초도 찾지 못했다. 그의 사상은 두 극단 사이에서 진동했다. 의심과 믿음, 나비와 새, 태양과 암흑, 춤과 행동, 운명과 의지, 유희와 문화 — 그는 결코 그것들을 서로 화합시키지 못했다. 그가 허무의 경계선에 가까워질수록, 모든 것이 더욱 화합하지 못했다.

그는 오직 반 그리스도주의자만이 그리스도와 진정한 대립에 놓일 수 있다는 것을 깨달았다. 그러므로 그는 반 그리스도주의자를 창조했고, 스스로 반 그리스도주의자가 되길 원했다. 그의 중요한 문제, 동시에 그가 해답을 찾을 수 없었던 것은 반 그리스도주의자가 십자가에 못 박힌 자의 반대편에 있는 자로서 지위와 영구성을 얻을 수 있는가 하는 것이었다. 그는 이 대립으로 마음이 꽉 차 있었고, 너무나 심사숙고한 탓에 그의 광란의 시기에 두 이름만을 — 디오니소스와 십자가에 못 박힌 자를 종이 위에 거듭거듭 쓰곤 했다.

우리는 이제 니체의 철학처럼 우리 안에 있는 가장 강한 것을 수치심 없이 풀어놓아 우리 자신을 보다 높은 단계에 오를 수 있게 하는 체계로 올려놓아야 한다. 이 높은 단계에는 미래의 인간인 동시에(다른 사람에게는 아닐지도 모르지만) 내 안에 잠재되어 있는 초인이 거주한다. 신은 죽었으므로, 내 스스로가 세계를 완성해야 하며. 나는 초인의 경지에서 나 자신을 초월함으로써 세계를 완성해야 한다. 이 고고한 위치에 오르기 위해 나는 약자들이 나를 저해하는 족쇄들로부터 나 자신을 해방시켜야 한다.

제2장

'신' 이란 그런 것이었나?

'선' 이란 권력의 감정과 권력에 대한
의지 그리고 권력 자체를 인간에게
오도록 증대시키는 모든 것이다.
행복은 힘이 더 세진 느낌이고 싸워 이긴
느낌이며 어떠한 정점에 도달한 느낌이다.

악' 이란 무엇인가

분문에 들어가기에 앞서 나를 소개하고자 한다.

나로 말할 것 같으면, 북극에 사는 사람이다. 즉, 세상과 상당한 거리를 두고 있다. 진정한 행복은 여기에 있다고 믿기 때문이다. 우리는 현대라는 병에 걸려 있다. 미래가 보이지 않아 다들 한숨만 쉬고 있다. 예를 들면 지금 세상이 아무리 평화롭다 해도 그것 역시 고식적인 평화라고밖에 할 수 없다. 그 대부분은 비겁한 타협의 산물이다.

세상은 지나친 이해심으로 무엇이든 용서하는 풍조가 만연해 있다. 이는 마음이 넓어졌다는 증거가 될지 모르나, 우리는 그런 미적지근함을 거부하며 살아야 한다.

그런데 세상일 따위 나 몰라라, 하는 태도를 취하면 점차 침울해지기도 하고, "저 사람은 운명론자다."라며 사람들이 뒤에서 수군수군 흉보기도 한다. 어쨌든 그런 힘든 일이 있기도 하지만 일부러 그렇게 사는 것이니 견딜 만하다.

왜냐하면 내게는 기본적으로 몇 가지 다른 생각이 있기 때문이다. 그 부분을 먼저 대충 이야기해보겠다.

우선 '선'이란 무엇인가 하는 문제부터 생각해보자.

'선'이란 권력의 감정과 권력에 대한 의지 그리고 권력 자체를 인간에게 오도록 증대시키는 모든 것이다.

그럼 '악'이란 무엇인가. 그것은 나약함에서 나오는 모든 것이다.

그럼 '행복'이란 무엇인가. 그것은 힘이 더 세진 느낌이고 싸워 이긴 느낌이며 어떠한 정점에 도달한 느낌이다.

나약한 인간이나 못난 인간은 세상에서 도태되어야 한다. 이렇게 말하면 여러분은 놀랄지도 모른다.

그러나 인간이란 존재를 진정으로 사랑한다면 그런 자들이 망하도록 뒤에서 지원해야 한다. 인간이 진정 훌륭한 존재가 되려면 그렇게 해야 한다. 그것이 진정한 인류애이다. 따라서 무익한 인간을 동정하면 안 된다. 그런데 그런 일에 앞장서는 대표적인 종교가 바로 크리스트교이다.

'진보주의'는 잘못된 생각

이 책의 주제 중 하나는 '어떻게 하면 더욱 가치 있는 삶을 살 수 있을까' 하는 것이다. 사실 가치 있는 인생을 살다 간 사람이 많기는 하지만 대다수의 입장에서 보면 소수에 불과하다. 게다가 그들이 의식적으로 가치 있는 삶을 살았는지 어땠는지는 의문이다. 그런 사람들은 쉽게 눈에 띄기 마련이다. 일반 대중은 그들을 보고 "저 사람은 위험 인물이야." 하며 싫어하기도 하고, 두려워하기도 한다. 그러는 사이 그들과 정반대의 인물상이 좋다는 결론을 내버린다. 그 반대의 인물상의 전형으로는 크리스천이 있다. 크리스천은 이른바 마음의 병을 앓고 있는 동물이다.

여러분은 어쩌면 '인류는 그런대로 발전해왔고 지금은 제법 잘 해나가고 있지 않나' 하는 생각을 할지도 모른다. 하지만 그건 크나큰 오산이다. '진보'는 현대에 생긴 잘못된 이념 중 하나일 뿐이다. 예를 들어 오늘날의 유럽인과 르네상스 시대의 유럽인을 비교해보면 예전이 훨씬 좋았다고 말할 것이다. 이와 같이 '진보'란 여러분이 생각하는 것처럼 향상되거나 강력해지는 발전과는 다르다.

그러나 역시 지구는 넓다. 다양한 문화 속에서 소수이긴 하지만 훌륭한 인물이 속속 등장하고 있다. 물론 현대적인 '진보'와는 다른 의미에서 말이다. 대단한 '초인'이라는 말밖에 할 수 없는 인물들이다. 그리고 여기서 내가 여러분에게 하고 싶은 말은 훌륭한 인물이 출현할 가능성은 앞으로도 얼마든지 있다는 점이다. 어쩌면 하나의 민족 전체가 그 훌륭한 인물로 탈바꿈할지도 모른다.

> **르네상스**
> 14세기 이탈리아에서 발생하여 16세기까지 전 유럽에서 꽃을 피운 학문과 예술의 혁신 운동. 프랑스어로 '재생'이라는 뜻이다. 그 이름처럼 크리스트교의 지배 하에서 상실된 인간성을, 고대 그리스 로마의 문화를 부활시킴으로써 회복하자는 운동이다.

'원죄'에 속아 넘어간 철학자들

그건 그렇고 크리스트교에 관한 이야기가 나와서 말인데, 이것이 이 책의 주된 테마이다.

역사를 돌이켜보면 지금까지 내가 언급한 훌륭한 인간상에 대해

파스칼

크리스트교는 모조리 적대시했다는 사실을 여러분도 잘 알게 될 것이다. 나는 크리스트교가 '악' 그 자체를 만들어냈다고 생각한다.

그들은 강한 인간을 '악인'이라 규정하고 배척했다. 크리스트교는 늘 마음 약한 인간과 품성이 용렬한 인간 그리고 못난 인간들의 편을 들어왔다. 크리스트교는 이상적인 말들을 자주 들먹거린다. 하지만 거기에 속아 넘어가면 안 된다. 이제까지 강한 정신을 지닌 훌륭한 인물들이 크리스트교 때문에 잇따라 망가졌으니 말이다.

일례로 예전에 파스칼이라는 철학자가 있었다. 안타까운 일이지만 그는 크리스트교의 '원죄설'을 믿고 말았다. 크리스트교의 설명을 빌리자면 '원죄'란 '인간이 태어나면서 지은 죄'라고 한다. 파스칼은 이 말을 진실로 받아들였고 자신의 이성이 타락한 이유가 '원죄' 때문이라고 생각하게 되었다. 애초부터 그런 말은 믿지 말았어야 하는데 말이다.

파스칼의 이성은 '원죄'가 아니라 크리스트교에 의해 부패했다.

크리스트교는 '동정'의 종교

나는 요즘 사람들이 타락했다고 생각한다. 그렇다고 요즘 사람들
이 도덕적으로 돼먹지 않았다는 식의 설교를 하려는 것은 아니다.
단지 '데카당스'에 빠져 있는 사람들의 사태를 개탄할 뿐이다. 데카
당스란 사람들이 의욕을 상실하고 허무주의에 빠져 적당히 사는 것
을 말한다.

나는 늘 이렇게 생각한다. 지금 세상에서 가치 있다고 여겨지는
것은 어차피 데카당스에 지나지 않는다고. 태어나면서부터 지니고
있는 본능이 망가지면 인간은 자신에게 해가 됨을 알면서도 좋아하
게 되는 경우가 간혹 있다. 이것이 데카당스다. '인류의 이상'이라
불리는 것 또한 데카당스다. 완전히 썩어 있다.

나는 인간의 삶이란 힘을 채우고 지속시키며 축적하는 과정이자,
권력을 손에 넣으려는 본능이라고 생각한다. 지금 세상에서 가치 있

쇼펜하우어

다고 믿고 있는 것은 하나같이 그와는 정반대인 듯하다.

크리스트교는 한마디로 사람을 '동정'하는 종교이다. 여기서 주의해야 할 점은 동정이라는 감정이다. 동정을 하면 인간은 힘을 상실하고 만다.

자연도태라는 말이 있다. 자연 세계에서 약한 생물은 살아남을 수 없다. 강한 종의 생물만이 살아남음으로써 그 종은 강해진다. 동정은 그런 자연의 법칙을 위반하는 행위다. 못난 인간에게 동정을 하니 말이다. 이렇게 '동정'은 저급한 인간을 세상 가득 넘치게 만들고 삶의 수준을 바닥으로 떨어뜨렸다.

여러분은 '약한 자를 너그럽게 대하라'고 교육받았을지도 모른다. 하지만 이 가르침은 본질적이고 고귀한 도덕에서 보자면 거짓에 지나지 않는다. 내가 요즘 사람을 타락했다고 생각하는 이유는 모두 하나같이 '동정'을 선이라 착각하고 있기 때문이다.

여러분은 쇼펜하우어라는 사람을 아는가? 독일의 철학자인 그는 모든 일을 안 되는 방향으로만 생각했던 인물이다. 삶을 무척 비관적으로 보았다. 따라서 그가 '동정'이란 감정에 긍정적이었음은 두말할 나위도 없다. 어떤 의미에서 보면 그는 오히려 삶을 날카롭게 꿰뚫고 있었는지도 모른다. 왜냐하면 동정은 인간이 살아가는 행위 자체를 부정하기 때문이다.

아리스토텔레스

'동정'은 인간의 가치를 저하시키는 도구다. 그리고 그 목적은 '저 세상'이나 '신의 구원'과 같은 잘못된 길로 인간을 몰아가는 것이다.

여러분은 아리스토텔레스라는 인물을 익히 들어 잘 알고 있을 것이다. 그는 고대 그리스의 대철학자이며 "비극이란 설사약과 같은 것이다."라는 말을 했다. 동정이라는 병적이고 메스꺼운 감정을 시원스럽게 쓸어버리는 데는 비극을 보는 게 가장 좋은 방법이라고 했다. "설사약을 먹고 개운하게 일을 봐 버려." 하고 말한 셈이다. 과연 그렇구나 하는 생각이 든다.

이런 불건전한 '동정'을 우리는 가만히 보고만 있으면 안 된다. 가차 없이 때려 부숴야 한다.

이것이 우리 나름의 인류애에 대한 표현이다. 그렇게 함으로써 우리는 철학자가 된다.

태연하게 거짓말하는 사람들

그나저나 우리의 적이 누군지 점차 분명해지는 듯하다. 우리의 적은 크리스트교의 신학자와 지금까지의 모든 철학이다.

모든 철학이라 하면 여러분은 너무 심하지 않나, 하는 생각을 할지도 모른다. 그러나 이 말은 농담이 아니다. 생각을 좀 하는 사람이라면 이해해줄 것이라 믿는데, 지금까지의 유럽 철학은 모두 크리스트교를 바탕으로 하고 있기 때문이다. 따라서 철학도 그 악영향을 받았다.

예를 들면 이상주의자로 불리는 자들이 있는데 그들은 사실 크리스트교의 못된 인간들과 뿌리를 같이하고 있다. 짐짓 위엄 있는 표정을 지으며 까다로운 이치를 따지는 듯하지만 결국은 높은 곳에 서서 현실을 비판할 뿐이다. 그것이 본질적으로 얼마나 무가치한지를 그들 스스로 깨닫지 못하고 있으니 어찌해볼 도리가 없다.

그들은 얼굴에 엷은 미소를 띠고 '사물을 판단하는 힘', '감각', '명예', '일상생활의 즐거움', '과학'을 내려다보며 어딘가에 순수한 '정신'이 있다고 생각한다. 실로 한심한 족속들이다. 이들은 현대 사회의 공해나 다름없다. 순수한 정신이라니, 순 거짓말만 지껄이고 있다.

인간의 가치를 폄하하는 일이 직업인 사람들, 즉 성직자가 '고귀한 인간'으로 존경받고 있는 한 '진리란 무엇인가?'라는 질문에 대답할 수 없다. 왜냐하면 그들의 머릿속에는 진리가 거꾸로 서 있기 때문이다. 그들에게 성실함이란 눈곱만큼도 없다. 그들의 신앙이란 자신이 하고 있는 거짓말로 인해 괴로워하지 않기 위하여 눈을 감고 자신을 속이는 일이다. 그런 자들이 그 삐딱한 근성을 가지고 '도덕'이란 것을 고안해낸다. 그리고 자신들이 만들어낸 가치관을 '신'이나 '구원', '영원성'과 결부시켜 다른 가치관을 가진 사람들을 인정하지 않는다.

이런 이기적인 인간은 어디에나 널려 있다. 그들의 존재 자체가 인류가 가진 본질적인 문제다. 이런 엉터리는 이미 신학자들의 본능이 되어 있다. 그들이 '참'이라고 믿는 것은 모두 '거짓'이다. 이것을 기준으로 사물의 진위를 구별할 수 있을 정도다. 그들은 인간에게 해가 되는 것을 '참'이라 하고 인생을 더욱 풍요롭게 하는 것을 '거짓'이라 하기 때문이다.

그들의 본능은 현실을 부정한다. 신학자들의 영향이 미치는 곳에서는 가치 판단이 완전히 거꾸로 되어 있다.

이렇게 크리스트교의 신학자들은 왕이나 영주 그리고 민중의 '양심'을 이용하여 권력을 거머쥐려 한다.

오류투성이인 칸트의 철학

철학, 하면 어쩐지 어렵고 따분한 고급 학문처럼 느껴진다. 그러나 사실은 그렇지 않다. 오늘날의 철학은 크리스트교의 신학자들에 의해 도저히 어찌해볼 수 없는 상태로 변형되었기 때문이다. 독일 철학도 뿌리를 더듬어 가다보면 크리스트교에 이르게 된다.

유명한 철학자 칸트도 이 부류에 속한다. 독일학회는 구성원이 거의 크리스천이었기 때문에 칸트가 등장하자 환호성을 지르며 맞이했다.

칸트는 위험한 인물이다. 그는 악의에 찬 오류를 두 가지나 범했다. 그것은 실제로 존재하지도 않은 '참된 세계'를 고안해낸 점, 그리고 '세계의 본질로서의 도덕'이라는 이해할 수 없는 개념을 만들

어낸 점이다. 칸트는 이 두 개
의 잘못된 개념을 꽤나 솜씨
좋게 요리하여 철학으로 완
성시켰다. 즉, 이 잘못된 개
념에 대해 도저히 반론을 제
기할 수 없게 만들었다.

"이성 또는 이성의 권리는
참된 세계까지 미치지 않는
다.", "현실은 가상에 지나지 않

칸트

는."라는 말들을 해대며. 크리스트교에 지배당하던 독일학회가 크
게 기뻐했음은 두말할 나위 없다.

그로 인해 칸트는 철학계의 스타가 되었지만, 나는 그가 철학자로
서가 아니라 크리스트교의 신학자로서 성공했을 뿐이라고 생각한다.

내가 칸트에게 해주고 싶은 말은 지극히 간단하다. '도덕'이란 우
리가 살면서 만들어낸 산물이다. 그리고 '도덕'은 우리가 자신을 지
키는 방패이며 우리에게 반드시 필요한 것이어야 한다는 말을. 그
외에 더이상의 말은 필요 없다.

칸트처럼 단순하게 '도덕을 중요시하자'는 생각은 백해무익하다.
보편적인 '도덕', '의무', '선' 따위는 환상에 지나지 않는다.

칸트의 개념과 자연계의 법칙은 전혀 다르다. 인간이 저마다 '자신
의 도덕'을 스스로 발견해가는 것이 자연이다. 높은 곳에서 내려다보

괴테

는 추상적이고 일반적인 '도덕'은 그 어디에도 없다. 이 공식에 민족을 대입시켜도 답은 마찬가지다. 민족은 자신들의 의무, 즉 스스로 직접 해야만 하는 일을 추상적이고 일반적인 '의무라는 개념'으로 바꾸어 버리면 철저히 몰락하고 만다.

그러나 칸트의 이런 위험한 사상을 이제껏 아무도 지적하지 않았다. 참으로 큰일이다.

인간의 본능은 어느 특정 행동이 올바른지의 여부를 통해 그것이 유쾌한 일인지 아닌지로 판단한다. 그러나 크리스트교의 본능을 가진 칸트는 '쾌락'을 잘못 이해하고 있었다. 그러니 더이상 이야기해봐야 소용없다. 칸트라는 사람은 정말 질 나쁜 범죄자다. 같은 시대를 활약했던 대문호 괴테도 아마 무덤 속에서 통곡하고 있을 것이다. 이런 저질이 아직까지 철학자로 인정받고 있다니, 나는 그저 놀랄 따름이다.

결국 칸트의 실패 원인은 역사를 제대로 보지 않은 데 있다. 그는 프랑스 혁명 당시 도덕에 의한 '인간의 선을 추구하는 경향'을 보고 있었던 모양인데 그럼 그 '경향'인지 뭔지를 증명할 수 있단 말인가.

칸트의 본질은 데카당스에 지나지 않았다.

진리란 믿음에 불과하다

물론 철학 역사상 분별 있는 인간, 즉 사물을 제대로 비판적으로 보는 인간도 있었다. 그러나 그런 사람은 극히 소수에 불과했고, 대부분의 철학자는 쓸모없는 인간들뿐이었다. 그들은 제멋대로 생각하고 자기 마음대로 확신한 것을 진리라고 주장했다. 그들에게 성실함이란 눈곱만큼도 없었다. 칸트도 그런 분위기에 휩쓸려 제멋대로 만들어낸 개념에 '실천이성'이라는 이름을 붙이고 과학으로 만들려 했다.

전 세계의 모든 철학자가 다 그렇지만 그들의 원형은 성직자다.

따라서 철학자들도 '인류를 개선하고 구원하여 해방시키겠다'고 생각했다. 정말 어리석기 그지없다. 변변찮은 인간들이 언제나 잘난 척하는데, 그 전형적인 예가 바로 철학자들이다.

성직자는 과학을 싫어한다. 성직자 자신이 '진리'와 '비(非) 진리'를 결정하기 때문이다. 우리는 그러한 행위에 과학적인 방법으로 도전해야 한다.

크리스트교가 위세를 부리는 이 세상에서 오랫동안 과학이 '신의 적'이라 불리며 부당하게 폄하되었다. 과학적인 사고, 즉 신중히 생각하고 사물에 대해 의문을 갖는 일들이 멸시당했다.

왜 그런 터무니없는 일들이 계속 자행된 것일까?

나는 이렇게 생각하기도 한다. 인류가 오랫동안 사물을 제대로 사고할 수 없었던 이유는 인간에게 있어 진리란 한낱 미적 취미에 지나지 않았기 때문이 아닐까, 하고. 다시 말해 인간은 아름다운 그림을 볼 때와 같은 감동을 진리에서도 추구했던 것은 아닐까? 그리고 인간의 감정에 직접 호소하는 것을 진리라고 믿었던 것은 아닐까?

그러나 우리에게 그런 '취미'는 없다. 우리는 처음부터 다시 배웠다. '정신'이나 '신'과 같은 애매한 것에서 인간의 본질을 찾으려고 하지는 않는다. 그래서 우리는 인간을 다시 출발선에 세워놓고 '인간은 동물이다'라고 생각했다. 인간은 이 지구상에서 가장 강한 동물이다. 왜냐하면 가장 교활하기 때문이다.

그러나 인간이 가장 진화했다는 뜻은 결코 아니다. 그런 생각은

인간의 허영심이다. 자연계의
모든 생물은 인간과 마찬가
지로 완전한 형태를 이루고
있다.

데카르트

다른 동물과 비교하면 인간
은 실패작일지도 모른다. 그
것은 인간이 본능에서 벗어난
동물이기 때문이다.

프랑스의 유명한 철학자 데카
르트는 매우 대범하게 "동물은 기계다."라고 말했다. 이 말에 많은
사람들이 공감했다. 오늘날의 생리학도 그쪽으로 방향을 잡고 있다.
데카르트는 인간을 예외로 다루었지만 논리적으로 따져보면 인간도
그 범주에 속한다.

과거에는 '의지'와 '정신'을 인간만이 지닌 고급 혈통과 신성으로
여겼다. 그래서 인간을 완성시키려면 거북이처럼 감각기관인 머리와
팔다리를 안으로 움츠려 쾌락을 멀리 하라고 충고했다. '육체를 초월
하라.' 그러면 인간의 '순수한 정신'이 최후에 남는다는 것이다.

하지만 나는 이와 다르게 생각한다.

'순수한 정신'이 도대체 어디에 있단 말인가. 정신이란 무척 애매
모호하다. 완전한 것으로 존재할 수 없다. 인간의 육체와 신경조직,
쾌락 등을 모조리 빼버리면 정신은 어디에 존재한단 말인가.

진짜 신과 가짜 신

이야기가 두서없이 흘렀으니 여기서 잠깐 크리스트교의 문제점을 정리해보자.

첫 번째, '신', '영혼', '자아', '정신', '자유의지'와 같이 있지도 않은 것에 실제로 존재하는 듯한 언어를 부여한 점.

두 번째, '죄', '구원', '신의 은총', '벌', '죄의 사함'과 같은 공상적인 이야기를 꾸며낸 점.

세 번째, '신', '영', '영혼' 등 존재하지 않는 것을 만들어낸 점.

네 번째, 자연과학을 왜곡한 점(그들의 세계관은 항상 인간이 중심이었으며 자연에 대한 이해는 조금도 없었다).

다섯 번째, '회개', '양심의 가책', '악마의 유혹', '최후의 심판'과 같은 연극에나 나올 법한 이야기를 현실로 끌어들여 심리학을 왜곡한 점.

이외에도 아직 많지만 우선은 대충 이 정도로 해두자.

이런 허구의 세계는 꿈의 세계와는 구별된다. 꿈의 세계는 현실을 반영하지만 그들의 공상은 현실을 왜곡하고 가치를 깔아뭉개며 부정한다.

크리스트교의 적은 '현실'이다. 왜냐하면 그들이 머릿속으로 그리는 세계와 현실은 너무나 동떨어져 있기 때문이다. 그들은 고통스러운 현실 속에서 도피했을 뿐이다. 현실이 너무 고통스러운 나머지 있는 그대로 인식할 수 없었다. 그것이 그들이 만들어낸 도덕과 종교의 본질이다.

크리스트교를 제대로 비판한다면 '신'에 관해서도 지금까지 내가 서술한 내용과 얼추 비슷한 결론이 나올 것이다.

자신감을 지닌 민족은 자신들의 신을 갖고 있다. 그들이 신을 숭배하는 이유는 자신들의 긍지 때문이다. 즉, 자신들의 번영의 조건과 미덕을 신에게 투영하기 위함이다. 긍지로 가득한 민족은 희생을 바치기 위해 신을 원한다. 그리고 사실 감사하는 상대는 자기 자신들이다.

이러한 신은 단순하지 않다. 인간에게 이로울 수도 해로울 수도 있다. 친구일 수도 적일 수도 있다. 악한 일에 있어서도 선한 일에 있어서도 신은 소용된다. 그것이 신의 진정한 모습이다. 신을 구성하고 있는 한쪽을 떼어내 선한 신으로 만들기는 불가능하다. 악한 신은 선한 신만큼이나 소용되기 때문이다.

우리의 일상생활만 봐도 알 수 있다. 우리는 용서와 사랑이라는 감정만 가지고 살지 않는다. 화를 내기도 하고, 복수도 하며, 질투도 하고, 다른 사람을 무시하고 비웃기도 하며 살아간다. 그것을 모르는 신은 인간에게 필요하지도 않을 뿐더러 이해받지도 못한다.

그러나 유감스럽게도 예전에는 그런 신을 원했다. 민족이 철저히 망해가거나 그들이 완전히 포기하여 방치하거나 적에게 굴복하는 것이 최선이라 생각할 때 그들의 신도 변하고 말았다. 신은 비겁한 겁쟁이가 되어 겸손해지고, 결국 "적을 사랑하라."는 바보스러운 말을 하게 되었다. 이 신은 '도덕'으로 탈바꿈하여 점점 세계 속으로 퍼져나갔다. 그러다 모두의 신이 되었고 끝내는 '세계의 시민'이 되고 말았다. 악질이 아니고서야 이럴 수는 없다.

신이란 원래 어떤 특정한 민족에게 있어 민족의 강한 힘과 권력을 추구하는 감정이었지만 오늘날의 신은 마냥 선하기만 하다.

그러므로 '신'이라는 단어에는 두 종류의 신이 있다.

하나는 '권력에 대한 의지'가 있는 신, 즉 민족 신이다.

그리고 또 하나는 '권력에 무기력'한 신이다. 그런 신은 필연적으로 선해진다.

이것이 바로 크리스트교이다.

신은 두 개의 얼굴을 가지고 있다

신은 '권력에 대한 의지'를 상실하면 생리적으로 퇴행하게 되어 있다. 점차 적극성이 사라진다. 그런 데카당스의 신은 약자들이 믿는다.

그렇지만 약자는 자신들을 약자라고 부르지 않는다. 그리고 언제나 '우리는 선량한 사람'이라고 한다.

그럼 선한 신과 악한 신이라는 이원론적 허구는 언제 역사의 무대에 등장하게 되었을까. 여기까지 읽은 독자라면 이미 알고 있을 것이다. 그것은 정복당한 민족이 자신들의 신을 '선 그 자체'로 끌어내렸을 때부터이다. 또한 그들은 지배자에게 복수하기 위해 지배자의 신을 악마로 만들었다.

그러나 선한 신이나 악한 신이나 모두 한쪽밖에 볼 수 없다는 점에서 데카당스의 산물에 지나지 않는다. 크리스트교의 신학자들은 '이스라엘의 신'에서 '크리스트교의 신'으로, '민족 신'에서 '선 그 자체'로 신이 변한 것을 진보라고 생각한다. 정말 우둔하기 짝이 없는 족속들이다. 도저히 상종할 수 없다.

사실은 그들의 말과 정반대이다.

크리스트교의 신으로부터 '강함', '용기', '긍지'가 빠져나가 버렸다. 그래서 신은 기껏해야 어려움에 처했을 때 부탁하는 정도로 전락하고 말았다. 지금은 가난한 자와 범죄자 그리고 병든 자를 위한 신이 '구세주'라 불리고 있다. 이래서야 세상이 제대로 돌아가겠는가.

분명 신에 대한 생각이 변했기 때문에 '신의 나라'는 확대되었다고 할 수 있다.

본래 신은 자기의 백성과 선택된 민족을 가지고 있다. 그러나 신은 외국으로 나갔고, 그 결과 지구상의 인구 절반 이상을 자기편으로 만들었다. 실은 그 '다수의 신'의 정체가 유대인의 신, 빛이 들지 않는 곳의 신, 불건전한 영역의 신임에도 불구하고 말이다.

신은 너무도 약해지고 창백해졌다. 아무튼 엉터리 이론으로 신을 다루는 시대가 되었기 때문이다. 그래서 '이상'이 되었고 '순수 정신'이 되었으며 '절대자'가 되었다. 그러다 끝내는 '물자체'가 되고 말았다.

도대체 '물자체'란 무엇인가. 이 말이 무슨 뜻인지 도통 모르겠다. 아마도 신이 거기까지 추락했다는 뜻이리라.

크리스트교에 대한 개념은 이 지구상에 있는 모든 개념들 중에서 가장 보잘것없다. 크리스트교는 신이 어디까지 추락할 수 있는지를 여실히 보여주고 있다. 크리스트교의 신은 우리의 인생을 밝혀주고 미래에 대한 희망을 지켜주는 존재가 아니라 인간을 불행하게 만드는 존재다. 크리스트교는 신의 이름으로 인생과 자연 그리고 살려는 의지와 같은 소중한 것들을 부정한다.

크리스트교는 신의 이름으로 '무無'가 신이 되고 '무無에 대한 의지' 가 신성하다고 선언했다.

오늘날 북유럽에는 크리스트교가 널리 확산되어 있는데 그들 유럽인이 크리스트교를 거부하지 않았다 함은 매우 불명예스러운 일이다. 그 본성을 재빨리 알아차리고 서둘러 조치를 취했어야 하는데, 그렇게 하지 못한 탓에 저주를 받고 말았다. 다시 말해 병과 노쇠, 모순 등을 자신들의 본능으로 받아들인 것이다.

그 이후 그들은 자신의 신을 창조하지 않게 되었다. 이천 년 동안이나 새로운 신이 탄생하지 않았기에 크리스트교라는 일신교의 지극히 따분하고 불쌍한 신이 현재도 함부로 설쳐대고 있다.

일신교

유대교와 크리스트교 그리고 이슬람교와 같이 유일·절대신만을 믿는 종교를 말한다. 예루살렘은 이 세 종교의 성지다. 반면 다신교는 다수의 신을 믿고 숭배하는 종교로 각각의 신이 저마다 고유의 활동 영역을 가지고 있는 경우가 많다. 그예로 그리스 로마의 종교와 힌두교 등이 있다.

제3장

크리스트교가
세계를 타락시켰다

크리스천은 풍요로운 대지와 정신적으로
여유로운 사람들에게 노골적으로 적의를
드러낸다. 구체적으로 '육체'를 가진 자에게
반발하고 자신들은 영혼만을 믿는다.
그러니 맞서 싸우자고 하는 것이다.

불교의 위대함

그나저나 나는 지금까지 크리스트교의 문제점을 거론하고, 그것이 최악의 종교임을 설명했다. 그럼 다른 종교에 대해 내가 어떻게 생각하고 있는지도 중요하니 한번 짚고 넘어가자.

여러분도 알다시피 불교라는 종교가 있다. 불교 역시 크리스트교에 뒤지지 않을 만큼 많은 신자를 가지고 있다. 사람들은 불교, 하면 크리스트교와 전혀 다른 종교라 인식하는데 실은 양쪽 모두 니힐리즘의 종교다.

그러나 불교는 크리스트교에 비해 굉장히 현실적이다.

불교는 '문제가 무엇인가' 하고 객관적으로 냉정하게 생각하는 전통을 가진 것이 장점이다. 이는 불교가 몇 백년 간 지속된 철학 운동

끝에 나타난 종교이기 때문이다. 인도에서 불교가 탄생했을 때 '신'이라는 개념은 이미 초월한 상태였다. 그런 의미에서 불교는 역사적으로 봤을 때 유일하게 논리적인 사고를 하는 종교라 할 수 있다.

그들은 현실적으로 세상을 바라본다. 불교는 크리스트교처럼 "죄와 맞서 싸우자."는 말을 하지 않는다. 현실을 제대로 보고 "고통에 맞서 싸우자."고 주장한다. 불교는 '도덕'이란 개념이 자신을 속이는 도구에 지나지 않음을 이미 알고 있었다.

이것이 불교와 크리스트교의 큰 차이점이다.

내 식으로 표현하자면 불교는 '선악의 저편'에 서 있는 종교다. 즉, 선과 악에서 멀리 떨어진 곳에 존재한다는 뜻이다. 그것은 불교의 태도를 보면 명확히 알 수 있다.

불교가 경계하는 점은 다음의 두 가지이다. 첫째, 감수성을 지나치게 예민하게 만든다는 것이다. 감수성이 예민해지면 예민해질수록 쉽게 고통을 느끼기 때문이다. 둘째, 무엇이든지 머릿속으로 생각하거나, 어려운 개념을 사용하거나 논리적인 사고만 하는 세계에 지속적으로 몸을 담고 있는 것이다. 그러면 인간은 인격적으로 이상하게 변해간다.

여러분도 이쯤 되면 '나도 짚이는 데가 있어'라든가 '그 사람 이야기구나' 하며 이내 머릿속으로 어떤 이미지를 떠올릴 것이다.

불교를 연 석가는 이러한 것들을 경계하여 홀연히 집을 떠나 객지생활을 했다. 석가는 식사하는 데 돈을 별로 들이지 않았다. 술도 삼

소크라테스

갔다. 욕망도 경계했다. 또한 자신은 물론 타인에게도 절대 주의를 기울이지 않았다. 말하자면 여러 가지 상념을 주의했던 것이다.

석가는 마음을 평정하게 하는, 또는 밝게 생각하는 것만 추구했다. 석가는 '선의'가 인간의 건강을 증진시킨다고 생각했다. 그리고 신에게 기도하는 일이나 욕망을 받아들이는 것을 가르침에서 제외시켰다.

불교는 강한 명령이나 단정을 내리지 않는다. 뿐만 아니라 가르침을 받아들이도록 강요하지 않는다. 아무튼 한번 출가하여 불도에 들어간 사람이라도 '환속'하여 다시 일반 사회로 돌아갈 수 있기 때문이다.

석가는 기도나 금욕, 강제나 명령이 인간의 감각만을 예민하게 만든다고 염려했다.

불교도는 설령 생각이 다른 사람일지라도 공격하려 하지 않는다. 석가는 원한에 의한 복수의 감정을 금하였으며 "적대敵對로 인해 적대는 계속된다."라는 감동적인 말을 남겼다.

지당하신 말씀이다. 크리스트교의 토대가 되고 있는 '미움'과 '복수'와 같은 개념은 건강하지 않다.

요즘 세상에서는 '객관성'이란 말은 좋은 의미로 쓰이고 '이기주의'라는 말은 나쁜 의미로 쓰인다. 그러나 '객관성'이 지나치게 강조된 나머지 '개인적인 시각'이 약해져버렸다. 만약 '이기주의'가 계속 부정되면 인간은 머지않아 정신적으로 지칠 것이다.

이러한 문제에 대해 석가는 '이기주의는 인간의 의무다'라고 설파했다. 다시 말해 문제를 개인에게 끌어들여 생각하자는 뜻이다.

실은 저 유명한 소크라테스도 비슷한 생각을 하고 있었다. 소크라테스는 인간의 이기주의를 도덕으로 승화시키고자 했던 철학자이다.

불교
석가의 가르침. 인생은 고(苦)라는 사고에서 출발하여 여덟 가지 '덕목'을 행함으로써 깨달음의 경지에 다다를 수 있다고 설명한다. 기원전 5세기경 인도의 갠지스강 중류에서 발생하여 아시아 전역에 전파되었다. 우리나라에는 삼국시대에 들어왔는데, 각 나라마다 그 시기는 다르다. 삼국마다 국교로 정식 채택한 시기는 고구려 372년, 백제 384년, 신라 527년이나 실제로 도입된 시기는 문헌을 통해 그 이전으로 보고 있다. 석가란 산스크리트어로 '깨달은 자'라는 뜻.

소크라테스[B.C. 470~B.C. 399]
고대 그리스의 철학자. '무지의 지', 즉 자신의 무지를 자각하는 것이야말로 올바른 인식에 이르는 방법이라 주장했다. 또 대화를 통하여 철학을 전개하는 문답법으로 당시의 현인들을 논파했다. 그 때문에 미움을 사서 재판에서 사형 선고를 받았다. 저서는 없지만 제자인 플라톤이 수많은 발언록을 남겼다.

다양한 문화를 인정하지 않는 크리스트교

그럼 왜 불교는 이렇게 크리스트교와 다른 것일까.

우선 불교가 매우 따뜻한 지역에서 탄생되었다는 점, 또 그 지역 사람들이 관대하고 온화하며 싸움을 별로 좋아하지 않는다는 점에서 그 원인을 찾을 수 있다. 그리고 중요한 점은 불교는 상류층과 지식층에서 생겼다는 것이다.

불교에서 말하는 최고의 목표는 맑고 조용하고 욕심 없는 마음을 갖는 것이다. 여기서 주목할 점은 그러한 목표는 달성되기 위하여 존재하며 또한 실제로 달성된다는 데 있다. 불교는 처음부터 완전함을 목표로 맹렬히 돌진하는 종교가 아니다. 평상시가 곧 종교적으로도 완성된 상태이기 때문이다.

그렇지만 크리스트교의 경우는 패배한 자나 억압당한 자들의 불만이 그 바탕을 이루고 있다. 이는 바로 크리스트교가 최하층민의 종교라는 의미이다.

크리스트교는 매일 기도하고 자신의 죄를 고백하며 자신을 비판한다. 그럼에도 불구하고 이 종교는 최고의 목표에 절대 도달할 수 없게 되어 있다. 크리스트교는 정당하지 못하다. 어두운 곳에서 늘 무엇인가 수군거린다. 육체를 멸시하고 작은 일에도 망측하다는 둥 재수 없는 소리만 해댄다.

예전에 크리스천은 무어인(8세기에 스페인을 침입한 아라비아인)

을 이베리아반도에서 추방했는데 그들이 맨 처음 취한 조치는 코르도바만 해도 270여 채나 있던 공중목욕탕을 전부 폐쇄한 일이다. 크리스천은 다른 문화를 인정하기는커녕 자신들과 사고방식이 다른 사람들을 미워한다. 그리고 철저히 박해한다. 참으로 음침하고 불건전하며 위험한 자들이다. 크리스천들은 한마디로 말하면 신경증 환자다. 그들에게는 신경과민이 바람직한 상태이기 때문이다.

크리스천은 풍요로운 대지와 정신적으로 여유로운 사람들에게 노골적으로 적의를 드러낸다. 구체적으로 '육체'를 가진 자에게 반발하고 자신들은 영혼만을 믿는다. 그러니 맞서 싸우자고 하는 것이다.

크리스트교 사고방식의 기본은 훌륭한 마음 자세, 기력과 자유, 편안한 마음, 상쾌한 기분, 기쁨에 대한 증오이다.

크리스트교는 하층민들 속에서 탄생하여 마침내 야만스런 민족들 사이로 퍼져갔다. 야만스런 민족은 불교도와 달리 불만과 고통을 적에게 해를 가함으로써 밖으로 표출했다. 거꾸로 표현하면 야만인을 지배하기 위하여 크리스트교는 야만스러운 가르침과 가치관이 필요했던 것이다. 이를테면 첫아이를 희생양으로 바치는 풍습이나 만찬에서 피를 마시는 의식이 그러하다.

이처럼 인간의 정신과 문화에 대해 경멸하는 종교가 크리스트교이다.

불교는 선량하며 온화하고 정신적으로 성숙한 종족의 종교이다. 안타깝게도 유럽은 아직 불교를 받아들일 만큼 성숙하지 않다. 불교는 인간을 평화롭고 밝은 세계로 인도하고 정신과 육체를 건강하게 만든다.

크리스트교는 야만인을 병약하게 만들어 지배하려 한다. 상대를 약화시켜 적을 길들이거나 문명화시킨다. 이것이 크리스트교적인 방법이다.

불교는 문명의 발달이 그 끝을 향해 갈 즈음 무료한 상태에서 생겨난 종교인 데 반해, 크리스트교는 아직까지도 문명에 이르지 못하고 있다.

진리와 '진리일 것이라는 믿음'

크리스트교와 비교하면 불교는 훨씬 성실하고 객관적인 종교다. 불교에서는 고통을 죄의 결과라고 생각하지 않는다. 왜냐하면 "나는 고통스럽다"고 솔직히 말하기 때문이다.

그러나 야만인은 자신이 고통스럽다는 사실을 인정하지 않기 때문에 그것을 정당화시킬 이유가 필요하다. 그러므로 남모르게 고통을 감내한다. 그래서 '악마'는 그들에게 편리하게 쓰인다. 왜냐하면 '악마처럼 무섭고 강한 적으로 인해 고통받고 있다면, 그 고통을 부끄럽게 느끼지 않아도 되기 때문'이다. 사실 크리스트교는 원래 동양에 있던 사고방식을 이용하고 있다. 즉, 어떤 것이 진리인지의 여부와는 상관없이 그것이 진리일 것이라는 믿음이 더 중요하다. '진리' 와 '진리일 것이라는 믿음' 은 전혀 다르다. 정반대라 말해도 과언이 아니다.

동양의 현자들은 이것을 정확히 이해하고 있었다. 브라만교도, 비교秘敎나 밀교의 문하생도 그렇게 이해했으며 그 유명한 플라톤도 그러했다.

예를 들면 "행복이란 죄에서 구원받았다고 믿는 데 있다"고 한다면 그 전제 조건으로 '인간은 죄가 있다' 가 아니라 '자기에게 죄가 있다는 느낌' 이 필요하다. 즉, 크리스트교에서는 '믿음' 이 가장 중요하다.

크리스트교에서의 진리는 관찰이나 연구로 인해 밝혀지면 안 된다.

크리스트교는 '희망' 을 적절히 이용한다. 요컨대 진리로 향해 있는 길이 막혀 있기 때문이다. 고통받고 있는 사람들이 간단히 만족할 수 없도록, 일부러 그들의 손이 미치지 않는 곳에 희망을 놓아둔다. 그들은 그런 식으로 사람들을 낚는다.

또 크리스트교는 사람들을 모으기 위해 많은 '궁리' 를 했다.

'신의 사랑' 이 기능하려면 신은 인간과 같은 모습이여야 한다, 서민의 인기를 얻기 위해서 신은 젊어야 한다, 여성이 빠져들게 하기 위해서 아름다운 성자를 등장시키자, 남자를 끌어들이기 위해서 성모 마리아를 전면에 내세우자 등등.

그런데 이런 시시콜콜한 이야기가 유럽에서 받아들여진 이유는

플라톤

대체 뭘까. 유럽은 그리스 신화에 등장하는 미의 여신 아프로디테와 그녀에게 사랑받았던 미소년 아도니스에게 예배를 올릴 정도로, 아름다움에 약한 사람들이 모여 사는 지역이기 때문이다.

여하튼 이런 '궁리' 때문에 크리스트교의 예배는 점점 열광적이 되었다. 그들은 '사랑'을 이용했다. '사랑'이란 어떤 것을 있는 그대로 보지 않는 상태이기 때문이다. 인간은 사랑 안에서 꿈이나 환상을 본다. 또 '사랑'은 인내를 가르친다. 그래서 크리스트교는 사람들에게 사랑받을 수 있는 이야기를 고안해냈다.

크리스트교가 '믿음, 소망, 사랑'이라는 키워드를 이용한 것은 어떤 의미에서는 현명했다. 그것들로 사람들을 잘도 속여먹었으니 말이다.

불교가 이런 방법을 사용하지 않은 까닭은 사물을 현실적으로 생각하는 기술을 갖고 있기 때문이다.

크리스트교와 유대 민족의 관계

크리스트교가 어디서 탄생했느냐, 하는 문제는 매우 중요하다. 크리스트교가 유대 민족에서 생겨났다는 사실은 여러분도 잘 알고 있으리라. 분명 예수는 유대교의 여러 제도에 반발했지만 크리스트교는 유대 민족의 본능에 반발한 것이 아니라 오히려 그 성질을 더욱

견고히 했다.

《신약성경》에 "구원이 유대인에게서 남이니라"(요한복음 4장 22절 일부)라는 구절이 있다.

그런데 예수의 출신지인 갈릴리 사람들의 성격이 점차 일그러져 마침내는 '인류의 구세주'라는 역할을 예수에게 부여했다.

유대인은 세상에서 가장 주의해야 할 민족이다. 그들은 한번 목표를 정하면 수단과 방법을 가리지 않고 달성하려 들기 때문이다. 유대인은 자신들이 한 일에 대해 비싼 대가를 치렀다. 유대인은 자연과 인간의 생활 그리고 우리의 정신 세계를 철저히 가짜로 만들었다. 민족이 민족으로서 살아가기 위해 필요한 모든 것에 반항했고 자신들 손으로 자연의 법칙에 대립하는 개념을 만들었다. 종교나 예배, 도덕과 역사, 심리학 등을 본래의 모습과는 전혀 다른 형태로 왜곡시켰다. 그런 행동은 전 인류에게 도저히 용서받을 수 없다.

크리스트교가 행한 일은 유대교를 흉내낸 것일 뿐이다. 다시 말하면 크리스트교가 맨 처음 시작한 것이 아니다. 이것만 보더라도 유대 민족이 얼마나 터무니없는 일을 저질렀는지를 잘 알 수 있다. 이는 인류를 배신한 것이나 다름없다.

오늘날의 크리스천은 자신들이 유대교의 마지막 모습인 줄 모르고 "우리는 반反 유대다"라고 하니, 그들에게 어떻게 이 사실을 설명해야 할지 모르겠다.

나는 예전에 《도덕의 계보》라는 책에서 '고귀한 도덕'과 '원한의 도덕'이라는 대립되는 개념에 대해 설명한 적이 있다.

'원한의 도덕'이란 나약한 인간의 고통 속에서 태어난 도덕이다. 말하자면 유대적이며 크리스트적인 도덕이다. 그것은 '고귀한 도덕'을 어떻게 해서든지 부정하려고 생겨난 개념이다. 지금보다 더 나은 삶, 우수성, 권력, 미, 자신에 대한 믿음, 이런 귀중한 것들을 철저히 부정하기 위해 그들은 전혀 다른 세계를 고안했다.

심리학적으로 보면 유대 민족은 매우 강한 생명력을 지니고 있다. 그들은 불행에 빠지면 자발적으로 모든 데카당스 편을 든다. 데카당스에 지배당하기 위함이 아니라 데카당스를 이용하여 권력을 잡기 위함이다. 즉, 유대인과 데카당스는 떼려야 뗄 수 없는 관계다. 그들은 인생을 긍정하는 사람들에 대항하기 위해 천재적인 배우처럼 데카당스를 연기하기 시작했다. 그 연기가 바로 바울이 시작했던 크리스트교였다.

데카당스는 유대교와 크리스트교의 권력자 그리고 성직자에게 있어 수단에 불과했다. 그들이 인간에게 흥미를 가지는 까닭은 인류를 병들게 하고 약화시키기 위함이다. 그리고 '선과 악', '참과 거짓'과 같은 개념을 전 세계를 폄하하는 위험한 의미로 만드는 일이 목적이었다.

'기분이 좋은' 이유는 양심의 가책 때문?

이스라엘은 자연이 지닌 가치를 있는 그대로 받아들인 나라다. 먼 옛날 왕정 시대의 이스라엘에는 자연미가 있었다. 이스라엘의 신 여호와는 권력과 기쁨 그리고 희망의 상징이었다. 사람들은 여호와에게 승리를 기원하고 구원을 빌었다. 그리고 자연은 사람에게 필요한 비를 주었다. 여호와는 이스라엘의 신이자 정의의 신이었다. 이런 논리는 힘을 갖고 있었고 이에 대해 모든 민족이 양심의 가책을 느끼지 않았다.

신에 대한 축제 의식은 민족의 발전과 계절의 변화, 풍작 등에 대한 감사의 표현이다. 그런데 어느 날 이스라엘에 큰 혼란이 일었다. 나라 안이 무정부 상태가 되자 이웃 나라인 아시리아가 침입해온 것이다. 나라가 황폐해지고 모든 희망이 사라졌다. 여호와는 완전히 무력해졌다.

이스라엘 사람들이 이때 신을 버렸으면 좋았을 텐데, 그렇게 하지 않고 그때까지와는 전혀 다른 새로운 신을 창조해냈다. 그 때문에 신과 자연의 연결 고리가 끊어졌다.

여호와는 이미 이스라엘의 신도, 민족의 신도 아닌 조건부의 신이 되었다. 그리고 마침내는 성직자들의 편리한 도구로 전락하고 말았다.

성직자들은 "모든 행복은 신의 은총이다." 또는 "모든 불행은 신을 믿지 않는 데 대한 벌이다."라고 말하기 시작했다. 먼저 '원인'이 있고 그것이 '결과'로 이어지는 것이 자연계의 법칙이다. 하지만 그들이 하는 말은 그와 정반대 아닌가. 그리하여 결국 '도덕적 세계 질서'라는 뜻 모를 말로 사람들을 기만하는 것이 통하게 되었다.

이것이 '보상과 벌'이라는 그들의 구조적인 장치이다.

그들은 이렇게 자연계의 법칙을 부정하고 나서 이번에는 자신들에게 편리한 반反자연적인 법칙을 만들어냈다.

그 때문에 '도덕'은 민족이 살아가는 데 불필요한 것이 되었고 민족이 살아가기 위한 본능도 아닌 게 되어버렸다. 또한 '도덕'은 엄청 어려운 것이 되어 보다 나은 삶을 살아가는 데 오히려 걸림돌이 되고 말았다. 이처럼 유대인의 도덕, 즉 크리스트교의 도덕은 인간의 자연스러운 모습을 왜곡시켰다. 가령 우리는 재난을 당하면 우연한 불행이라 생각한다. 그러나 그들은 그것을 '죄에 대한 벌'이라고 단정한다. 또 기분이 좋은 것을 '악마가 유혹하기 때문'이라고 하고 기분이 나쁜 이유는 '양심의 가책을 느끼기 때문'이라고 한다. 참으로 해석도 가지가지다.

《성경》이 바꾼 이스라엘의 역사

유대의 성직자는 이렇게 가짜 신과 도덕을 고안하여 본래의 이스라엘 역사를 지워나갔다. 현재 남아 있는 《성경》이 바로 그 증거다.

그들은 자기 민족의 전설과 역사적 사실에 상스러운 말을 퍼붓고 역사를 종교적으로 고쳐 썼다. 그러면서 여호와에 대한 '죄'와 '벌' 그리고 '기도'와 '보상'이라는 유치한 장치를 만들었다. 교회는 이런 터무니없는 역사를 수천 년 동안이나 가르쳐왔다. 그리하여 우리는 역사가 왜곡됐다는 사실조차 알아채지 못할 정도로 완전히 바보가 되었다.

무엇보다도 철학자들이 교회를 도왔다는 점이 가장 나쁘다. '도덕적 세계 질서'라는 엉터리는 현대 철학 속에 일관되게 흐르고 있는 주제다. '도덕적 세계 질서'란 말하자면 인간이 해야 할 일과 하지 말아야 할 일이 신의 뜻으로 결정된다는 것이다.

또 신을 따르느냐 그렇지 않느냐에 따라 민족이나 개인의 가치가 평가되고, 민족이나 개인의 운명이 벌을 받기도 하고 구원을 받기도 한다는 것이다.

이건 말도 안 되는 억측이다. 성직자들이란 건강한 사람의 정신을 갉아먹고 사는 기생충이다. 그들은 자신들에게 편리한 대로 신을 이용했다. 예를 들면 자신들의 바람이 실현되는 사회를 '신의 나라'라고 불렀다. 그리고 그 '신의 나라'를 실현시키기 위한 수단을 '신의 뜻'이라고 불렀다. 성직자들은 민족, 시대, 개인, 이런 모든 것을 자신들에게 도움이 되는지 그 여부를 따져 평가한다. 이 때문에 그 위대했던 이스라엘이 망했다.

더욱이 유대의 성직자들은 이스라엘 역사상 위대한 인물을 필요에 따라 끄집어내어 '신을 믿지 않는 불쌍한 인간'이라고 멋대로 단정하고 심판했다. 요컨대 그들은 '신에게 복종하느냐 하지 않느냐'라는 단순하고 어리석은 대립을 고안해낸 것이다.

성직자들은 실권을 잡기 위해 '신의 뜻'이라는 체계를 만들어냈다. 그들은 '신성한 책', 즉《성경》을 제멋대로 만들어낸 후, 그것을 자신들 손으로 발견했다. 그리고 정중히 공개했다. 그러면서 '신의 뜻'은 예전부터 있었고 모든 재난의 원인은 '신성한 책'을 존중하지 않았기 때문이라고 판단했다. 결국 성직자들은 자신들의 바람을 '신의 뜻'이라고 바꿔 말한 셈이다. 예를 들면 성직자들에게 내는 세금이 바로 그렇다. 그들은 아무리 적은 액수라도 꼼꼼히 청구하고, 받은 세금으로는 비프스테이크를 먹는다.

유감스럽게도 성직자는 끝내 인생의 모든 일에서 필요 불가결한 존재가 되고 말았다. 결혼, 출산, 병, 죽음 등 인생의 중요한 대목에서 성직자들은 이상한 의식을 거행하며 사람들에게 돈을 빼앗으려한다. 이런 일은 누구나 한 번쯤 경험했으리라. 또 성직자들은 국가나 법원처럼 일반적으로 생각해봐도 가치 있는 것에 기생충처럼 딱 달라붙어 '도덕적 세계 질서'라는 주술을 써서 무가치하게 만든다.

성직자는 자연의 가치를 인정하지 않을 뿐 아니라 그 신성함까지 빼앗는다. 그리고 그것을 영양분 삼아 수명을 연장한다.

이런 변변치 않은 인간들에게 복종하지 않으면 벌을 받는다고 하니 참 기가 찰 노릇이다. 이리하여 '신에 대한 복종이 곧 성직자에

대한 복종'이 되어 성직자만이 인간을 구원할 수 있다고 하는 억측
이 완성되었다.

성직자와 같은 조직을 가진 사회에서는 죄가 반드시 필요하다. 그
들은 '죄'를 이용하여 영향력을 행사하기 때문이다. 성직자가 죄를
이용하며 살기 위해서는 죄를 저지르는 자가 있어야 한다. 성직자들
은 "신은 회개하는 자를 용서한다."고 하지만 이는 곧 "자기에게 복
종하면 용서해주겠다."는 말과 같다.

예수는 단순한 아나키스트

지금까지 서술한 거짓과 억측, 속임수로 크리스트교는 성립되었
다. 그럼에도 불구하고 크리스트교 성직자의 말은 여전히 존중되고
있으며, 지상에서 권력을 갖고 있던 모든 것들은 부정되고 있는 현
실이다.

이것은 전대미문의 대사건이다.

성직자들은 교회를 조직하여 무엇인지 모를 환상의 세계를 고안
해냈다.

여기서 주의해야 할 점은 예수는 유대교에 반발하지 않았다는 사
실이다. 그는 유대교의 '교회' 또는 '선한 자와 정의로운 자'와 '이
스라엘의 성자', 사회를 분열시키는 정치에 반항했을 뿐이다. 예수

는 잘못된 사회를 어떻게든 바로잡아보려고 반항한 것이 아니라 그때까지 힘을 지니고 있던 계급, 특권, 질서 등과 대립했을 뿐이다. 즉, '신분이 높은 사람'을 불신했다. 또한 유대교의 성직자나 신학자가 배우고 익힌 모든 것을 그는 부정했다.

그러나 예수가 반란을 일으켜 일시적으로 문제가 됐던 유대의 성직자 정치는 유대 민족이 '홍수' 속에서 살아남기 위한 방주와 같은 마지막 가능성이었다. 그것을 공격했다 함은 사실 보통 일이 아니다. 그것은 민족의 본능과 생활 그리고 의지와 같은, 내면 깊숙이 박혀 있는 중요한 부분을 공격한 셈이다. 예수는 하층민과 외톨이 그리고 범죄자를 부추겨 유대교가 지배하는 사회를 공격했다.

사실 예수는 아나키스트(무정부주의자)다. 만약 《성경》의 기록이 사실이라면 그는 정치범으로 형무소에 들어갈 만한 말들을 하고 있는 셈이다. 당시 그런 죄목이 있었다면, 하는 가정 하에서의 이야기지만.

결국 예수는 자신의 죄 때문에 죽었다. "예수는 다른 이들을 위해 죽었다"라는 말은 너무나 유명하지만 사실은 그렇지 않다. 십자가에도 분명 아니라고 씌어 있다.

그는 처음부터 자신이 유대의 성직자 정치에 대립하고 있다는 것을 자각했을까? 예수에 대한 주위 사람들의 시각과 자신에 대한 본인의 생각은 달랐을 테니까 말이다. 어쩌면 주위 사람들만이 그가 유대의 정치와 대립하고 있다고 생각했는지도 모른다.

그나저나 세계 제일의 베스트셀러는 예수에 대해 기록한 《신약성경》이다. 솔직히 말하면 내가 이만큼 읽기 어려웠던 책은 일찍이 없었다.

나도 젊었을 때는 독일의 신학자인 슈트라우스가 예수를 과학적으로 분석하여 쓴 《예수의 생애》라는 책을 열심히 읽곤 했다.

당시 나는 스무 살이었다. 그러나 지금은 그렇게 할 수 없다. 왜냐하면 무엇이든 진지하게 생각하는 성격인데다 그런 사소한 것에 신경 쓸 시간적 여유가 없기 때문이다. 게다가 예수의 전승이 갖는 모순이 어떻든 내 알 바가 아니다.

애초부터 '성자의 전승'은 지어낸 이야기에 불과하다. 모순이라고 한다면 전부 모순인 셈이다. 그런 책을 과학적으로 읽어봐야 아무 쓸모없다. 그러니 슈트라우스의 책은 학자들의 심심풀이일 뿐이다.

슈트라우스[1808~1874]
독일의 철학자이자 신학자. 그는 《예수의 생애》에서 《성경》에 묘사된 기적의 사실성史實性을 부정하고 그것을 '신화'로 자리매김시켰다. 그리고 참된 크리스트교는 예수 개인이 아니라 전인류가 실현해야 한다고 주장했다. 결국 과학적인 치장 아래 새로운 오컬트를 확립한 셈이다.

크리스트교는 '은둔형 외톨이'

내가 가장 흥미를 갖고 있는 부분은 '예수는 정말 어떤 사람이었을까?' 하는 점이다. 예수의 진정한 모습은 세월이 지나고 여기에서 저기로 전달되는 과정에서 점차 부정확해지고 왜곡되었다. 《신약성경》은 사기지만 예수를 연구할 때는 어느 정도 참고할 수밖에 없다. 그러나 문제는 예수가 무엇을 했는지, 무슨 말을 했는지, 어떻게 죽었는지가 아니라 예수가 어떤 유형의 인간이었으며 그것이 현재 전해지고 있는지의 여부이다.

한 가지 예를 들어보자.

프랑스의 종교 사상가이자 작가인 르낭의 《예수전》은 정말 엉터리다. 그는 예수를 말할 때 '영웅' 이나 '천재' 라는 당치도 않은 단어를 갖다붙였다. 영웅은 《신약성경》과는 정반대의 개념이다.

크리스트교에서는 저항하지 않는 무능력함이 곧 도덕이 되기 때문이다.

'악에 저항하지 말라' 고 《신약성경》에도 씌어 있다. 이는 크리스트교의 가장 의미심장한 말이면서 어떤 의미에서는 크리스트교를 이해하는 '관건' 이 되기도 한다.

그러나 '모든 인간은 신의 자식이므로 평등하다' 고 하는 예수를 '영웅' 으로 만들다니, 취향도 참 고약하다.

'천재' 라는 말도 틀린 말이다. 예수 시대의 '정신' 이라는 말은 우

에피쿠로스

리 시대와는 전혀 다른 의미로 쓰였기 때문이다.

크리스트교 신자의 정신 구조는 이렇게 되어 있다. 내면에 틀어박혀 모든 것을 신경질적으로 생각하면 불안과 공포가 밀려온다. 그 상태가 극에 달하면 현실을 증오하기 시작한다. 그리고 종잡을 수 없는 곳으로 도피하기 시작한다. 또한 규칙, 시간, 공간, 풍습, 제도 등 현실에 존재하는 모든 것에 반항하고 '내적 세계', '참된 세계', '영원의 세계'에 안주하려 한다.

《성경》에는 "신의 나라는 너희 안에 있다."라고 씌어 있다.

현실에 대한 원망은 고뇌와 자극에 지나치게 민감해진 결과일 것이다. 그래서 아무하고도 접촉하지 않는다.

신경질적으로 고민하기 시작하면 대상으로부터 알 수 없는 반감을 가지며 자신의 적을 알게 되고, 감정의 한계를 느끼게 되면서, 이런 중요한 일들을 잃어버린다. 그것은 곧 자기의 본능이 이제 더이상 저항할 수 없다고 느끼기 때문이리라.

그리고 맨 마지막으로 그들은 현실 세계와 다른 '사랑'이라는 장소로 도피한다. 이는 고민이나 자극에 지나치게 민감해진 결과이다.

사실은 이것이 크리스트교의 구조적 장치다. 크리스트교는 일종의 병이지만 다르게 생각하면 그곳에서 쾌락주의가 발전했을 수도 있다. 내가 이렇게 말하면 여러분은 '쾌락을 부정한 크리스트교와 쾌락주의는 정반대가 아닌가' 라며 놀랄지도 모른다. 그러나 쾌락주의를 설파한 고대 그리스의 철학자 에피쿠로스는 사실 전형적인 데카당스이다. 나만의 생각이긴 하나, 쾌락주의는 자그마한 고통에도 오들오들 떨며 두려워한다. 그러니 결국 그들의 문제도 '사랑' 의 종교만이 해결책이다. 따라서 크리스트교와 쾌락주의는 같다.

르낭[1823~1892]
프랑스의 사상가이자 종교사가. 과학주의와 실증주의 입장에서 《성경》을 연구했다. 그 결과는 《크리스트 기원사》(전7권)에 정리되어 있다. 니체가 비판한 《예수전》은 이 책의 제1권. 성경의 기술에 대해 '문헌학적' 인 연구를 한 엉터리책이다.

에피쿠로스[B.C. 341(?)~B.C. 270]
고대 그리스의 철학자. 쾌락주의를 제창했다. 쾌락의 일반적인 의미와는 다른, 육체적인 쾌락보다 정신적인 쾌락을 추구했다. 번잡한 현실로부터 해방되어 마음의 평정을 추구해야 한다고 주장하고, 육체적인 고통이 없는 상태가 유일한 최고의 '선' 이며 인간 삶의 목표라고 말했다.

제4장

크리스트교는 예수의 가르침이 아니다

예수는 역시 자유로운 정신을 가진
사람이다. 예수는 생명과 진리, 빛과 같은
정신적인 것들을 그가 정한
언어로만 표현했다. 자연이나 언어처럼
현실 세계에 존재하는 것이라도
그에게는 한낱 기호일 뿐이었다.

'보이는 대로' 보지 않는다?

오랜 역사 속에서 예수가 왜곡된 이유에 대해 나는 이미 해답을 내놓았다. 크리스트 교회가 자신들을 선전하는 데 편리하도록 예수를 계속해서 변화시켰기 때문이다.

《신약성경》의 세계는 거의 병적인 상태이다. 인간쓰레기와 신경증 환자 그리고 못난 사람들이 아무도 모르게 모두 모여 있는 듯한, 마치 러시아 소설과 같은 세계이다. 예수가 변한 원인이 여기에 있다.

예수의 초대 제자들은 예수라는 종잡을 수 없는 사람을 도무지 이해할 수 없었다. 어떻게든 예수를 이해해보려고 했지만 도저히 이해가 안 됐다. 그래서 자신들이 이해할 수 있는 범위 안으로 예수를 밀

어넣었다. 결국 자신들이 가지
고 있는 지식만으로 예수를 이
해했다.

도스토예프스키

그들은 그것으로 예수를 이
해했다고 생각했지만 그들의
행동은 오해만 낳았을 뿐이다.
신앙, 즉 신을 믿고 숭배하는
일에는 주의할 점이 있다. 숭배
하는 대상의 특징이나 결점을 보
지 않도록 해야 하기 때문이다. 조금 어렵게 말하자면 '신앙이란 보
이는 대로 보지 않는 것'이다.

러시아의 대작가 도스토예프스키는 이런 데카당스와는 거리가 멀
지만 그와 같은 사람, 즉 숭고함과 병적인 것과 유치함의 혼합물에
서 매력을 느끼는 사람이 없다는 사실이 유감스럽기까지 하다.

예수라는 사람의 특징에는 모순이 숨어 있다. 산 위나 호수, 초원
에서 조용히 가르침을 전하는 이미지와 마치 미친 사람처럼 공격적
으로 유대교의 신학자와 성직자를 적대시하는 이미지. 이 두 개의
이미지는 서로 모순된다. 전자는 무대가 인도는 아니지만 마치 석가
와 같은 온화한 인상이고 후자는 르낭이 《예수전》에서 묘사한 과격
한 성격이다.

이를 어떻게 해석하면 좋을까.

나는 예수라는 인간이 크리스트교의 격앙된 선전 활동에 의해 만들어졌다고 생각한다. 여러분도 알다시피 종교에 빠진 사람은 믿고 있는 신을 이용하여 자신을 변명하기 때문이다. 다시 말해 초대 크리스트교단은 그 당시 권력을 쥐고 있던 유대교의 신학자에게 대항하기 위하여 새로운 신학자가 필요했던 것이다. 그래서 크리스트교단은 자신들에게 편리한 '신'을 고안하여 '재림'이나 '최후의 심판'과 같은, 예수의 가르침과 전혀 관계없는 말들을 아무 거리낌 없이 쓰게 되었다.

지금은 이 말들이 크리스트교의 귀중한 가르침이 되었다. 참으로 끔찍한 일이다.

도스토예프스키(1821~1881)
러시아의 소설가. 《가난한 사람들》로 데뷔했다. 그후 공상적 사회주의 단체의 일원으로 활동하다 체포되어 사형 판결을 받지만, 특사로 시베리아에서 복역한다. 사회로 복귀한 후에는 이성만능주의에 의한 인텔리의 폭력 혁명을 부정하고 크리스트교적인 인도주의자로 전향했다. 저서로 《죄와 벌》, 《카라마조프의 형제들》 외 다수가 있다.

예수를 논리적으로 부정할 수 없는 이유

나는 예수를 광신적인 인간이라고는 생각지 않는다.

르낭은 어리석게도 '혁명적'이란 단어를 사용하고 있지만 예수의 가르침 속에는 그런 개념은 존재하지 않는다.

예수가 말한 신앙이란 싸워서 얻는 것이 아니라 처음부터 '존재'했던 것이다. 그러나 '기적', '보상', '약속'과 같은 《성경》에 나오는 말로 증명되는 것도 아니다. 그가 말하는 신앙이란 규칙처럼 고착된 것이 아니기 때문에 말로는 정의할 수 없다.

물론 주위의 환경이나 언어, 문화에 의해 신앙의 형태는 어느 정도 정해진다. 초기의 크리스천은 단순히 유대적인 사고를 이용했을 뿐이다.

만약 예수가 인도에서 태어났다면 인도 철학을 했을지도 모르고, 중국에서 태어났더라면 노자의 가르침을 이용했을지도 모른다.

예수는 역시 자유로운 정신을 가진 사람이다. 여하튼 예수는 모든 규칙을 일절 인정하지 않았다. 예수는 생명과 진리, 빛과 같은 정신적인 것들을 그가 정한 언어로만 표현했다. 자연이나 언어처럼 현실 세계에 존재하는 것이라도 그에게는 한낱 기호일 뿐이었다.

교회에 속아 넘어가도 이런 시점視點을 잊으면 안 된다.

예수라는 사람은 역사학이나 심리학과 같은 학문, 예술과 정치, 경험과 판단, 책, 그리고 모든 종교와 아무 관련이 없다.

노자

그는 문화를 몰랐기에 문화와 싸울 일도 없었고 부정할 필요도 없었다. 국가와 사회, 노동, 전쟁에 대해서도 마찬가지였다.

결국 그는 '세상'을 부정할 이유가 없었다.

'세상'은 교회가 만들어낸 개념이며, 예수는 그런 것을 생각해본 적도 없었기에 부정하지도 않았다.

예수는 논리적으로 제대로 생각해본 적도 없거니와 신앙과 진리가 정확한 증거에 의해 입증될 수 있다는 생각을 가져본 적도 없다.

예수가 한 일은 어디까지나 자신의 생각을 순수하게 증명했을 뿐이다. 그리고 세상에는 자신과 다른 의견과 가르침이 많다는 사실을 몰랐을 뿐 아니라 그것을 이해하지도 못했던 것 같다.

예수가 다른 가르침과 접했다고 하더라도 마음속 깊이 안타까워하며 동정만 했을 것이다. 왜냐하면 자기에게는 '빛'이 보이기 때문에.

따라서 이를 논리적으로 이러니저러니 하며 따질 문제는 아니다.

예수와 크리스트교는 무관하다

여기서 예수의 생각을 간단히 정리해보자.

먼저 예수의 가르침 속에는 '죄와 벌', '보상'과 같은 개념이 없다는 점을 짚고 넘어가고 싶다. 신과 인간과의 거리 관계는 이미 제거되어 있었다. 예수에게 있어 '신앙으로 인해 받을 수 있는 행복'이란 약속이 아니라 좀더 현실적인 것이었다. 그 행복은 '신앙'이 아니라 행동하는 과정에서 결정된다.

예수의 가르침은 다음과 같다.

자기에게 악의를 품고 있는 사람에게 말로든 마음으로든 결코 맞서지 말라.

외국인과 자국인을 차별하지 말라. 유대인과 비유대인을 구별하지 말라.

다른 사람에게 화를 내지 말라. 그 누구도 경멸하지 말라.

법정에 고소하지도 말고 다른 사람의 변호도 맡지 말라.

무슨 일이 있어도, 가령 아내가 바람을 피워도 이혼하지 말라.

예수는 이런 가르침을 실행에 옮기려 했다.

유대인이 거행하는 의식이나 기도는 예수에게 아무 의미가 없었다. 그런 의식이나 기도가 아니라 예수의 가르침을 실천해야만 신에게 인도되는 것이었다. 이렇게 예수는 '죄', '죄의 용서', '신앙', '신앙에 의한 구원'과 같은 유대교의 모든 가르침을 부정했다. 예수는 자신이 '신의 아들'임을 느끼기 위해 인생을 현실적으로 살아갈 수밖에 없었다. 그것을 본능적으로 알고 있었다.

그러나 아무리 노력해도 예수는 '천국'에 살고 있다는 느낌이 들지 않았다. 이럴 때 어떻게 하면 '나는 천국에 있다', '나는 영원하다'고 느낄 수 있을까? 이런 의문을 예수는 늘 마음속에 지고 있었다. 따라서 이것은 예수의 라이프스타일이지 새로운 신앙은 아니었다.

예수는 정신적인 것만을 '진리'라고 보았다. 예수에게는 시간이나 공간, 역사와 같이 실제로 존재하는 것은 단순한 기호나 우화 정도의 소재에 지나지 않았다.

예수의 가르침에서 '사람의 아들'이라는 개념은 역사상의 구체적인 인물이 아니라 현실적인 모든 것에서 해방된 하나의 상징이다. '신', '신의 나라', '천국', '신의 아들'이란 말들도 모두 마찬가지다.

인간의 모습을 한 '신', 언젠가 머지않아 찾아올 '신의 나라', 저

세상에 있는 '천국', 삼위일체 안의 '신의 아들' 과 같은 크리스트교의 개념은 실은 예수의 가르침과는 전혀 관계가 없다.

교회가 '아버지' 와 '아들' 이란 말을 가지고 무엇을 표현하고 있는지는 너무나 분명하다. '아버지' 는 '영원성', '완결성' 을 상징하고 '아들' 은 '만사에 빛이 흘러넘치는 듯한 감정으로의 진입' 을 표현하고 있다.

교회는 이런 그럴싸한 상징을 가지고 이야기를 꾸며냈다. 이런 일을 보고 수치를 모른다고 하나보다. 교회는 크리스트교의 세력을 넓히기 위해 고대 그리스의 암피트리온 이야기를 이용하여 결국은 '성모 마리아는 처녀의 몸으로 잉태했다' 고 꾸며냈다. 처녀는 임신할 수 없는데도 말이다. 이렇듯 교회는 잉태의 신성함을 더럽히고 말았다.

'천국' 이란 마음의 상태이다. 지구상 어디에도 없고 저세상에도 존재하지 않는다. 예수의 정신 세계는 전혀 다른 곳에 있기 때문에 죽음, 시간, 병과 같은 현실과는 전혀 관계가 없다. 예수의 가르침에서의 '신의 나라' 는 천 년을 기다린다 해도 찾아오지 않는다. 그것은 어디까지나 마음가짐의 문제이므로 '신의 나라' 는 어디에나 있고 또 어디에도 존재하지 않는다고 할 수 있다.

크리스트교의 '어리석음'

예수는 '인간을 구원' 하기 위해 죽은 것이 아니라 '인간은 어떻게 살아야 하는가' 하는 방법을 가르치기 위해 죽었다. 실천, 즉 실제로 행동으로 옮기는 일, 이것이 바로 예수가 인류에게 남긴 메시지이다.

예수는 재판관과 경찰관, 그를 고소한 사람들의 비난과 비웃음 앞에서 반항하거나 권리를 주장하지 않았으며, 자신을 보호하지도 않았다. 그러기는커녕 그 상황을 더욱 심각한 상태로 몰고 갔다. 또 예수는 자신에게 해를 가한 자들에게 반항하기는커녕 그들을 사랑했다.

우리는 드디어 과거 19세기 동안이나 잘못 알고 있던 이 문제를 이해할 수 있게 되었다. 즉, '신성한 거짓말' 에 도전할 수 있는 성실함을 체득한 것이다.

하지만 세상 사람들은 전혀 그렇지 않다. 사람들은 부끄러운 줄 모르고 '신성한 거짓말' 속에서 자신의 욕망과 이익만을 추구해왔다. 어느 시대나 그랬다. 그리고 예수와 정반대의 가르침을 가진 교회를 만들었다.

세상을 이해할 수 있는 실마리는 크리스트교에 있다.

인류는 예수의 가르침과 정반대의 것에 무릎을 꿇고 있는 셈이다. 인류는 '교회' 라는 이름 아래서 예수가 가장 싫어했던 것을 신성하다고 말해왔다.

나는 이렇게 세계적이고 대대적인 아이러니를 알지 못한다.

크리스트교에는 '기적을 일으키는 사람'과 '구세주'가 등장한다. 크리스트교의 정신이나 상징은 이런 실없는 이야기에서 나왔다.

그럼 왜 이처럼 어처구니없는 이야기가 지금도 통하고 있는가. 그 것은 생각하는 방법이 거꾸로 됐기 때문이다.

사실 크리스트교의 역사는 예수가 십자가 위에서 죽은 이후, 그 근본에 있는 상징주의를 계속 왜곡해온 역사이다. 크리스트교가 머리 나쁜 사람들 사이에서 계속 퍼져나가자 크리스트교 측은 그런 사람들이 쉽게 이해할 수 있도록 가르침을 점점 간단하고 통속적이며 저급하게 고쳤다.

크리스트교는 로마제국의 지하적인 예배의 교의, 의식, 불합리한 이야기를 그대로 받아들였다. 물론 그것은 크리스트교를 선전하기 위함이었다. 그 결과 크리스트교는 예수의 가르침에서 점점 멀어져 미신과 주술, 엉터리 이야기를 하는 집단이 되었다.

크리스트교의 운명은 이것으로 결정되고 말았다. 크리스트교라는 종교에 의해 충족되어야 할 욕구들이 병적이고 통속적이며 천박했기에 크리스트교의 신앙도 병적이고 통속적이며 천박하게 변해갔다. 그렇게 되지 않을 수 없었다. 그러다 마침내 그런 병든 야만성이 교회에 결집하여 권력이 형성되었다.

크리스트 교회는 인간의 장점, 예를 들면 정직함, 관대함, 공명함,

정신력의 적이다.

크리스트교가 가지고 있는 가치관과 고결한 가치관의 대립을 우리 시대에 이르고 나서야 비로소 정확하게 파악할 수 있게 되었다.

교회의 '자학사관'에 대한 비웃음

이 부분에서 나는 한숨이 절로 나온다. 현대인에 대한 경멸의 한숨이다.

과거의 사람들은 조금 너그럽게 봐주려고 한다. 수천 년 동안 이어져온, 마치 정신병원과도 같은 크리스트교의 세계에 관하여 생각할 때 나는 대단히 조심한다. 또한 나는 인류가 정신병에 걸린 이유를 인류 탓으로 돌리지 않으려고 한다.

그러나 여러 가지 사정을 알고 있는 오늘날의 사람들에게는 관대할 수 없다. 예전에 크리스트교를 믿는 것이 단순한 병이었다면, 현재는 도저히 용서받을 수 없는 일을 저지르는 일로 간주된다. 그들에 대한 분노와 함께 메스꺼움이 올라온다. 크리스트교의 성직자가 '진리'라는 말을 입에 담는 것만으로도 화가 치민다.

이 시대를 사는 여러분은 크리스트교의 신학자나 성직자 그리고 교황의 말은 하나같이 거짓이란 사실을 반드시 알았으면 한다. 하긴 그 사람들은 이미 '신'이 없다는 것쯤은 알고 있다. '죄인', '구세주', '자유의지', '도덕적 세계 질서'가 전부 엉터리라는 사실도. 그러니 현대를 사는 일반인이 '신'이 있다고 믿는다 함은 보통 큰일이 아니다.

크리스트 교회의 정체는 이미 밝혀졌다. 교회는 자연에 존재하는 다양한 가치를 탈취하기 위한 조직이다. 가짜 돈을 만들어내는 악당들이 모인 집단이다. 성직자의 정체도 밝혀졌다. 그들은 가장 위험한 유형의 인간이며 남의 인생을 좀먹는 기생충이다.

크리스트교의 성직자와 교회가 해온 행위는 인류가 직접 자신들을 더럽히고 욕보인 구역질나는 범죄 행위이다.

성직자들은 '저세상', '최후의 심판', '영혼 불멸'과 같은 거짓말을 무기로 지배자가 되었다. 지금은 누구나 그 사실을 알고 있다. 그럼에도 불구하고 세상은 변하지 않았다.

정치가도 마찬가지다. 지극히 평범하고 능력도 있는 반크리스트교이면서도 자신을 크리스천이라고 하며 교회 의식에 참여하는 사람도 있다. 그들에게서 줏대나 자존심은 조금도 찾아볼 수 없다. 군대의 최고 통수권자이자 독일의 군주인 빌헬름 2세까지 창피한 줄 모르고 자신이 크리스천이라고 공언했을 정도다.

크리스트교가 말하는 '세상'에서 부정하는 것은 '인간이 군인이라는 것', '인간이 재판관이라는 것', '인간이 애국자라는 것'이다. 스스로 자신을 지키는 것, 수치를 아는 것, 자기의 이익을 추구하는 것, 자신에게 긍지를 갖는 것 등은 인간이 태어날 때부터 가지고 나온 본능인데도 말이다. 이런 소중한 것들이 크리스트교에 외면당하고 있다. 따라서 크리스천이라 불리면서도 수치스러워하지 않는 자는 거짓 속에서 태어난 덜된 인간이다.

보지 않고, 듣지 않고, 말하지 않기

'크리스트교'라는 말 자체가 사람들의 오해를 불러일으킨다고 생각한다. 근본적으로는 예수라는 한 사람의 인간이 존재했고, 그는 십자가에서 죽었다. 그리고 그의 가르침은 성직자에 의해 왜곡되었다. 크리스천이라는 증거를 '신앙' 속에서 찾는 것이 애당초 잘못이며, 사실 십자가에서 죽은 예수처럼 사는 것만이 크리스트교다운 삶이다.

오늘날에도 그와 같은 삶을 살 수 있으며 특정인을 위해서는 꼭 필요하기까지 하다. 본래의 크리스트교, 즉 근원적인 크리스트교는 신앙이 아니라 실천이다. 성직자가 만들어낸 '신앙'은 어디까지나 정신적인 것이다. 그것은 인간이 가지고 있는 본능의 가치에 비하면 하찮은 것이다.

머릿속으로만 이리저리 생각하여 그것을 진리라고 단정하는 행위는 진정한 크리스천의 태도라고 할 수 없다.

최근 이천 년 동안 크리스천이라 불린 사람들 중에 예수의 가르침을 지킨 사람은 단 한 명도 없었다. 그들은 모두 스스로 크리스천이라고 착각했을 뿐이다. 그러나 실은 그들도 신앙이 아닌 본능으로 움직였다. 그들에게 '신앙'이란 본능을 숨기기 위한 눈가림에 지나지 않았다.

루터

종교개혁을 했던 루터도 신앙을 눈가림으로 이용했다. 어떤 의미에서 '신앙'은 크리스트교의 교활한 수법이라고 말할 수 있다. 겉으로는 신앙이라고 하면서도 사실은 늘 숨겨진 본능에 따라 행동했기 때문이다.

크리스트교는 현실에 저항하는 본능을 가지고 있다. 그것이 크리스트교의 뿌리이다.

크리스트교는 모든 악의 근원이다. 또한 인간에게 해로운 존재이기에 힘을 지닌 종교다.

눈 가리고 아웅 하는 식의 원숭이들(크리스천)의 어설픈 연극을 신들도 먼 하늘에서 바라보고 있을까? 지구라는 자그마한 별은 크리스트교라는 기묘한 종교가 있기에 신들의 주목을 받기에 충분할지도 모른다.

그런데 '원숭이의 어설픈 연극'이라고 표현하긴 했지만 과연 그들

다윈

은 원숭이보다 나은 존재일까? 그것이 의문이다. "인간은 원숭이에서 진화했다"고 하는 다윈의 진화론도 원숭이만도 못한 그들에게는 과분한 것인지도 모른다.

루터(1483~1546)
독일의 수도사. 가톨릭 교회가 면죄부(헌금을 내는 신자에게 교회가 주는 죄의 면제증명서)를 발행하는 것을 '95개조 반박문'을 들어 비판했다. 이 일로 그는 교황에게 파문당하지만 이것이 종교개혁의 발단이 되었다. 저서 《그리스도인의 자유에 대해》에서는 《성경》에 바탕을 둔 신앙만을 인정하고 교회의 권위를 부정했다.

다윈(1809~1882)
영국의 박물학자. 진화론을 주장했다. 군함 비글호의 세계 일주 항해에 참가하여 동식물과 지질을 조사했다. 갈라파고스 제도에서 조류의 변이를 발견하고 귀국 후 비둘기 품종 개량 실험을 했다. 자연현상의 선택과 도태를 발견하고 생물학자 윌리스와 비슷한 시기에 '진화론'을 발표했다. 저서로는 《종의 기원》이 있다.

제자가 왜곡한 예수상

예수의 죽음은 제자들을 당황케 했다. '그의 죽음이 자신들의 존재를 부정하게 되지 않을까?' 하고 동요했다. 제자들은 예수를 죽인 자는 누굴까, 예수의 진짜 적은 누구였을까, 하고 생각했다. 예수의 죽음이 단순한 우연이라면 그들의 입장이 이만저만 난처한 것이 아니었다. 그래서 그들은 '이 세상을 지배하는 유대인 상류층이 예수를 죽였다'고 결론을 내렸다. 말하자면 유대인의 사회 질서를 적으로 생각한 것이다. 그리고 그후 그들은 자신을 사회 질서에 저항하는 자로 믿기 시작했다. 그리고 예수를 사회 질서에 저항하는 봉기를 일으킨 사람이었다고까지 생각하게 되었다. 제자들이 그렇게 생각할 때까지 예수에게는 '전투적'이나 '단언적'인 이미지는 없었다.

오히려 예수는 정반대였다. 모든 감정을 초월하고 죽은 사람이다. 예수는 십자가 위에서 죽음으로써 자신의 가르침을 보여주려고 했다. 그러나 제자들은 그 마음을 전혀 이해하지 못했다. 그래서 그들은 자신들도 예수처럼 죽어야겠다고 생각하지 않았다. 그리고 예수의 가르침과는 정반대인 '복수'라는 감정에 따라 움직이기 시작했다.

그들은 '보복', '벌', '심판'과 같은 예수의 가르침에 반하는 말들을 사용하여 대중이 좋아할 만한 구세주라는 대망론待望論을 내놓았다. 언젠가는 '신의 나라'가 도래하여 적을 심판한다는 것이다.

이리하여 오해가 생겼다.

예수의 가르침에서는 '신의 나라'가 현실에 존재하는 세계였지만, 제자들에 의해서 '약속된 세계' 또는 '종말의 시기에 찾아오는 세계'로 바뀌었다. 예수의 제자들은 당시 실권을 쥐고 있던 바리새인과 신학자를 경멸했으면서도 그들의 특징을 고스란히 예수의 모습에 이식했다. 그 결과 예수는 바리새인과 신학자와 같은 수준으로 전락하고 말았다.

제자들에게 있어 '누구든지 신의 아들 앞에서 평등하다'는 예수의 가르침은 매우 불리했기 때문이다. 그들은 예수를 치켜세우는 척하면서 사실은 자신들에게서 멀리 떼어놓았다.

유대인이 민족의 신을 버렸다는 이야기는 이미 했는데, 예수의 제자들도 그와 똑같은 일을 저질렀다. 유일신과 유일신의 아들이라는 발상은 어차피 하층민의 갖은 원망에서 생겨난 허튼소리에 불과하다.

바리새인

고대 유대교의 일파로 랍비파의 원류라고 한다. 고대 이스라엘의 지도자인 모세의 법률과 선지자의 계시를 중시하고 법률을 엄격히 지킴으로써 신의 정의가 실현된다고 믿었다. 그 율법에 대해 예수는 "당초의 이론에서 벗어나 형식주의에 빠졌다"고 비판했다.

예수의 죽음을 이용한 바울

예수의 죽음 후 '왜 신은 예수를 죽게 했을까?' 하는 의문이 생겼다.

그에 대해 혼란스러워하던 예수의 제자들이 내놓은 답변은 "신은 예수를 죄의 희생양으로 삼았다."는 허무맹랑한 소리였다. 예수가 이 말을 듣는다면 아마 펄쩍 뛸 것이다. 죄를 용서하기 위해 희생양으로 삼는다는 발상은 예수의 것이 아니다.

예수는 신과 인간 사이의 거리를 인정하지 않았다. 그는 신과 인간의 일체화를 가르치며 살던 사람이다. 그러나 제자들의 소행 때문에 예수의 가르침 속에 '최후의 심판', '희생적인 죽음', '부활'이라는 이상한 것들이 섞이게 되었다. 그래서 진정한 예수의 가르침은 어디론가 모습을 감추고 말았다.

바울은 그 랍비(유대교의 종교 지도자)와 같은 뻔뻔함으로 이 문제를 다음과 같이 논리화시켰다.

'만약 그리스도가 죽은 자 가운데서 부활하지 않는다면 우리의 믿음은 헛된 것이다'라고.

정말 염치없는 인간이다. '사람은 죽지 않는다'라는 말을 뻔뻔스럽게 교의로 만들어버리니 말이다. 게다가 바울은 그것을 보상이라고 가르치기까지 했다.

예수가 죽자 불교의 평화 운동과 같이 단순한 약속이 아닌 구체적인 행복으로의 안내자가 사라져버렸다.

불교는 약속을 하지 않고 다만 실행할 뿐이다.

크리스트교는 무엇이든 약속은 하지만 실행에 옮기지는 않는다.

바울이 만들어낸 현재의 크리스트교는 예수의 가르침과 정반대다.

그는 예수와 전혀 다른 인간으로 '증오의 논리'를 만들어내는 데 천재적이었다. 바울은 예수를 포함하여 모든 것을 증오의 희생으로 삼았다.

바울은 예수를 자신의 십자가에 매달았다. 그는 자신에게 필요한 부분만 예수에게서 빼내어 이용했다. 바울이 만들어낸 크리스트교에는 예수의 귀중한 가르침은 아무것도 남아 있지 않았다. 그는 허무맹랑한 크리스트교의 역사를 새로 만들었다. 그뿐인가, 이스라엘의 역사까지 자기 편한대로 고쳐 썼다. 모든 선지자가 바울이 만든 크리스트교를 언급했다. 그후 교회는 더욱 박차를 가해 인류의 역사를 크리스트교의 역사로 바꾸어갔다.

하지만 그런 것들은 예수라는 인간과 아무 상관없다. 급기야 바울은 예수가 부활했다는 헛소문까지 흘린다. 결국 바울은 예수의 가르침에서 아무것도 배우지 못한 것이다. 단지 십자가 위에서 최후를 맞이한 예수의 죽음을 이용했을 뿐이다.

바울은 '예수는 아직 살아 있다'고 하면서도 정작 본인은 믿지 않았다. 헛소문을 흘린 일은 어디까지나 자기의 목적을 실현하기 위함이었다. 바울은 오로지 권력을 갖고 싶었을 뿐이다. 바울을 비롯한 크리스트교의 모든 성직자는 사람들을 억압하기 위한 '교의'와 '상징'을 갖고 싶었을 뿐이다.

나중에 이슬람교를 창시한 마호메트는 크리스트교에서 '불멸에 대한 믿음'을 차용했는데 이 또한 바울이 발명한 '성직자의 사회 도구'였다.

세상의 중심에서 사랑을 외치는 교만

우리가 살고 있는 이 세상보다 저세상이 더 중요하다면 우리는 무엇을 의지하며 살아야 하는가? '불멸'이라는 거짓말은 인간의 본능 속에 있는 이성을 파괴한다. 더 나은 삶을 살기 위한 본능이나 밝은 미래를 약속하는 모든 것이 이제는 불신을 조장한다. '삶에는 아무 의미가 없다'라는 식의 삶이 이제는 삶의 의미가 되었다.

공공심은 무엇을 위해 있는 걸까? 조상에게 감사드리는 이유는 무엇일까? 동료와 함께 일하고 서로 신뢰하며 공공의 이익을 창출하는 것은 무엇 때문인가? 이런 중요한 일들이 크리스트교에서는 '유혹'이나 '올바른 길로부터 일탈'하는 것으로 간주된다.

꼴사나운 위선자나 미친 자들이 "인간의 영혼은 죽지 않으니 모두 평등하고 개개인의 구원이 중요하다."며 자신들을 위해 자연의 법칙이 깨지는 것은 당연하다는 식으로 주장한다.

모든 종류의 이기심이 여기까지 팽배했다. 참으로 파렴치하다. 아무리 경멸해도 충분치 않다. 크리스트교는 이런 오만과 교만에 의해 널리 퍼졌다. 변변치 않은 인간이나 반사회적 인간 등 모든 인간쓰레기를 설득하여 자신들의 편으로 만들었다. 그들이 말하는 '영혼의 구원'이란 말하자면 '세상은 나를 중심으로 돌고 있다'는 뜻이다. 이것도 '모든 사람은 평등한 권리를 가지고 있다'는 허무맹랑한 말을 크리스트교가 철저히 전파시킨 결과다.

크리스트교는 서로를 존중하는 마음이나 인간이 만들어낸 문화를 상대로 사악한 본능으로 전쟁을 시작했다. 또한 사람들의 고통을 이용하여 지상에 있는 모든 고귀함, 기쁨, 고상함에 저항하며 우리의 행복을 파괴하는 무기를 만들었다. 베드로나 바울 같은 작자들이 만들어낸 '불멸'이라는 발상이 고귀한 인간성을 말살하고 말았다.

그런 크리스트교가 지금은 정치까지 파고들었다. 정말 큰 문제다. 오늘날의 정치가는 특권이나 지배권을 주장할 용기, 자기 자신과 자신의 동료를 경외할 마음이 전혀 없다. 우리 시대의 정치는 완전히 기력을 상실하여 제구실을 하지 못한다.

예전의 귀족주의는 '영혼의 평등'이라는 거짓말 때문에 힘을 상실했다. 만약 '다수의 특권'을 믿는 혁명이 일어난다면 그것은 크리스트교나 크리스트교의 개념 때문이다.

크리스트교는 모든 악의 근원이다. 용졸한 인간을 위한 교의는 인간을 용졸하게 만든다.

베드로[(?)~64(?)]
갈리아의 어부로 예수의 열두 제자 가운데 한 명. 크리스트교 신학의 제일인자로
일컬어진다. 본명은 시몬이지만 교회의 토대가 되는 돌(반석)이라는 의미에서 '바
위'를 뜻하는 베드로로 불리게 되었다. 가톨릭 교회는 "베드로의 권위는 로마 교
황이 계승하고 있다."라고 하여 베드로를 초대 로마 교황으로 추대했다.

제5장

전쟁을 낳은 《신약성경》

'진리'란 인간이 오랜 세월을 거쳐
차근차근 애써 쟁취한 것이다.
인간은 '진리'를 얻기 위해 희생을
많이 했고, 훌륭한 영혼이 필요한
적도 있었다. 진리를 추구한다는 것은
보통 힘든 일이 아니다.

교회는 '도덕'으로 인간을 지배한다

《신약성경》은 쓸모없는 책이기는 하지만 초대 크리스트교단이 얼마나 부패했는지를 증명해주는 중요한 자료이다. 《신약성경》을 읽을 때는 상당한 주의가 필요하다. 글의 배경까지 이해하기가 쉽지 않기 때문이다. 인간의 마음이 어디까지 타락할 수 있는지를 여실히 보여주는 《신약성경》은 심리학자에게는 더없이 재미있는 책이다. 왜냐하면 이만큼 인간의 심리를 잘 보여주는 책도 없기 때문이다.

이 책이 애당초 유대인의 것이었다는 사실을 잊어서는 안 된다. '신성함'으로 위장하여 그럴싸한 말들로 사기치는 행각은 일개 개인이 할 수 있는 일이 아니다. 유대 민족이 없었다면 불가능했을 것이다. '신성하게 거짓말'을 해대는 크리스트교의 기술은 유대 민족이 몇 백 년에 걸쳐 만들어낸 것이다.

《신약성경》은 성직자들의 개념 외에는 받아들이지 않았다. 이 세상 곳곳에 있는 갖가지 개념이나 가치관은 완고하게 거부했다. 그런 행위는 단순한 유대의 전통이 아닌 유전이라 해도 과언이 아니다. 그러니 그렇게 태연하게 거짓말을 할 수 있는 것이다. 그런 허무맹랑한 책에 전인류 그리고 가장 머리 좋은 사람들까지도 속아 넘어갔다. 인간이랄 수 없는 사람, 즉 나만 빼고.

지금까지 《신약성경》은 순진하고 맑고 깨끗한 책으로 인식되어 왔다. 이는 그만큼 사람을 속이는 기술이 뛰어나다는 증거이다. 물론 나였다면 위선자나 가짜 성직자의 정체를 순식간에 간파했을 것이다. 그들의 말 속에 감춰진 계략을 밝혀내 처리하는 일이 내 직업이기 때문이다.

크리스트교의 얼간이들은 "심판하면 안 된다."라고 말하지만 자신들에게 방해가 되면 "신이 심판한다."라고 말하며 모두 지옥으로 보내버린다. 실제로 심판은 그들이 하면서도 말이다.

그들은 신을 찬양함으로써 자신들을 찬양한다. 또 자신들이 권력을 잡는 데 필요한 '덕'을 위해 싸우면서도 마치 '덕 그 자체'를 위해 투쟁하듯 연기한다. "우리는 선을 위해 살고, 죽고, 희생한다."고 하지만 사실은 자신들이 해야 할 일을 하고 있을 뿐이다. 비굴하게 자신을 억누르고 어두운 곳에 웅크리고 사는 것, 그것을 자신들의 의무로 만들었다. 그리고 그 '의무'를 준수하고 있으니 자신들은 겸허하고 경건하다고 생각한다. 이것이 크리스트교의 속임수다.

《신약성경》은 도덕으로 사람을 꾄다. '도덕'은 크리스트교의 하찮은 성직자에게 억압당한다. 그들은 '도덕'을 이용하여 사람들을 지배할 수 있음을 알고 있었다. 자신들의 동료나 교단을 '진리' 쪽에 놓고 '현실 세계'를 그 반대편에 놓았다. 거의 망상의 세계이다.

그들은 '신', '진리', '빛', '정신', '사랑', '지혜', '생명'을 자신들의 표현 수단으로 독점하려 했는데, 그 이유는 자신들과 '현실 세계'를 구별하기 위함이었다. 정신병원에 들어가야 할 유대인들은 이렇게 자기들에게 유리하게 모든 가치를 변형시켰다. 이런 일이 일어난 것은 과대망상에 걸린 유대 민족이 있었기 때문이다.

유대인과 크리스트교는 분열되었지만 저지른 일은 매한가지다. 크리스천이란 조금 자유로워진 유대인에 지나지 않는다.

오컬트 본 《신약성경》 폭언집

그들이 예수의 입을 빌려 했던 말을 인용해보자. 어처구니없게도 정말 '아름다운' 고백들뿐이다.

"어느 곳에서든지 너희를 영접지 아니하고 너희 말을 듣지도 아니하거든 거기서 나갈 때에 발 아래 먼지를 떨어버려 저희에게 증거를 삼으라 하시니."
(마가복음 6장 11절)

"또 누구든지 나를 믿는 이 소자 중 하나를 실족케 하면 차라리 연자맷돌을
그 목에 달리우고 바다에 던지움이 나으리라." (마가복음 9장 42절)

실로 크리스트교다운 말이다.

"만일 네 눈이 너를 범죄케 하거든 빼어버리라. 한 눈으로 하나님의 나라에
들어가는 것이 두 눈을 가지고 지옥에 던지우는 것보다 나으니라." (마가복음
9장 47절)

"또 저희에게 이르시되 내가 진실로 너희에게 이르노니 여기 섰는 사람 중
죽기 전에 하나님의 나라가 권능으로 임하는 것을 볼 자들도 있으리라 하시니
라." (마가복음 9장 1절)

참으로 말 한번 기막히게 잘한다.

"무리와 제자들을 불러 이르시되 아무든지 나를 따라 오려거든 자기를 부인
하고 자기 십자가를 지고 나를 쫓을 것이니라." (마가복음 8장 34절)

"비판받지 아니하려거든 비판하지 말라. 너희의 비판하는 그 비판으로 너희
가 비판받을 것이요. 너희의 헤아리는 그 헤아림으로 너희가 헤아림을 받을
것이니라." (마태복음 7장 1~2절)

"너희가 너희를 사랑하는 자를 사랑하면 무슨 상이 있으리요. 세리도 이같이 아니 하느냐. 또 너희가 너의 형제에게만 문안하면 남보다 더하는 것이 무엇이냐. 이방인들도 이같이 아니 하느냐." (마태복음 5장 46~47절)

이것이 크리스트교가 말하는 사랑의 원리이다. 결국 이런 사랑은 맨 마지막에 보답받기를 바란다.

"너희가 사람의 과실을 용서하지 아니하면 너희 아버지께서도 너희 과실을 용서하지 아니 하시리라." (마태복음 6장 15절)

이 구절에 어쩔 수 없이 끌려나온 '아버지'도 달갑지 않다.

"너희는 먼저 그의 나라와 그의 의를 구하라. 그리하면 이 모든 것을 너희에게 더하시리라." (마태복음 6장 33절)

여기서 '더하시리라'라는 말은 식량이나 옷, 생활필수품 같은 것을 주겠다는 뜻이리라. 그러나 생각해보면 그런 일은 일어날 턱이 없다. 하긴 뭐, 이 인용문의 바로 앞부분에서는 하나님이 옷 만드는 사람으로 등장하고 있기는 하지만…….

"그날에 기뻐하고 뛰놀라. 하늘에서 너희 상이 큼이니라. 저희 조상들이 선

지자들에게 이와 같이 하였느니라." (누가복음 6장 23절)

정말 뻔뻔하기 그지없다. 자신들을 재빨리 선지자와 비교하다니.

"너희가 하나님의 성전인 것과 하나님의 성령이 너희 안에 거하시는 것을 알지 못하느뇨." (고린도전서 3장 16절)

이는 단순한 유다의 말이다.

"성도가 세상을 판단할 것을 너희가 알지 못하느냐. 세상도 너희에게 판단을 받겠거든 지극히 작은 일 판단하기를 감당치 못하겠느냐." (고린도전서 6장 2절)

유감스럽게도 이것은 단순한 정신병자의 말이 아니다.
게다가 이 사기꾼은 이렇게 말한다.

"우리가 천사를 판단할 것을 너희가 알지 못하느냐. 그러하거든 하물며 세상일이랴." (고린도전서 6장 3절)
"하나님의 지혜에 있어서는 이 세상이 자기 지혜로 하나님을 알지 못하는 고로 하나님께서 전도의 미련한 것으로 믿는 자들을 구원하시기를 기뻐하셨도다. 그러나 하나님께서 세상의 미련한 것들을 택하사 지혜 있는 자들을 부

끄럽게 하려 하시고 세상의 약한 것들을 택하사 강한 것들을 부끄럽게 하려
하시며 하나님께서 세상의 천한 것들과 멸시받는 것들과 없는 것들을 택하사
있는 것들을 폐하려 하시나니 이는 아무 육체라도 하나님 앞에서 자랑하지 못
하게 하려 하심이니라." (고린도전서 1장 21, 26~29절)

이는 크리스트교인을 비롯한 모든 하층민의 심리를 대변하는 말
이다.

이 구절은 이해하기 조금 어려울지 모른다. 이 부분을 완전히 이
해하기 위해서는 예전에 내가 쓴《도덕의 계보》라는 책을 읽는 수밖
에 없다. 그 책에서는 고귀한 도덕과 한 맺힌 복수심에서 생겨난 하
층민의 도덕과의 대립을 분명하게 밝히고 있다. 요컨대《성경》을 빚
어낸 바울은 복수의 화신이었던 것이다.

《성경》에 등장하는 '제대로 된 인간'

《신약성경》을 읽을 때 나는 항상 장갑을 낀다. 추잡스러워 만지고 싶
지 않기 때문이다. 유대인이나 크리스천에게서는 썩은 냄새가 난다.

나는《신약성경》에서 공감할 수 있는 부분이 하나라도 있을까, 하
고 찾아본 적이 있는데 결국 '자유', '양심', '공명정대', '정직' 등
은 그 어디에서도 발견할 수 없었다. 치졸한 본능이 있긴 했어도 기

력은 없었다. 거기에 있는 것은 겁쟁이가 되어 현실을 바로 보지 않고 자신을 속이는 모습들뿐이었다.

《신약성경》을 읽은 뒤에는 어떤 책을 읽어도 상쾌한 느낌이 들었다. 말하자면 그들은 바보인 것이다. 그들은 틈만 나면 다른 사람을 공격하지만 도리어 공격받는 쪽이 옳게 보인다. 크리스트교인에게 공격받는다는 것은 명예가 될지언정 수치는 되지 않는다.

《신약성경》을 읽다보면 그들이 수고스럽게 공격하는 것을 오히려 좋아하게 된다. 예를 들면 '세상의 지혜'가 그러하다.

바리새인이나 당시의 법률학자들조차 크리스천에게 공격을 받음으로써 이득을 본다. 크리스천들에게 미움을 샀다고 하는 것은 곧 그들의 존재도 다소 가치가 있었다는 뜻이리라. 결국 크리스천이 타인을 공격했던 이유는 특권을 빼앗기 위함이었다. 그 이상의 이유는 없다.

크리스천은 가장 수준 낮은 본능으로 저항한다. 그들은 늘 '평등의 권리'를 위해 살고 투쟁한다고 말하고 있지만 그 실태는 '정직', '남자다움', '자부심', '아름다운 마음' 등을 '이 세상의 악'으로 단정하고 싸움을 걸고 있다.

크리스천은 본능을 거스르는 거짓말만 해댄다. 그들의 가치관이나 목표는 해로운 반면, 그들이 증오하는 것에는 오히려 가치가 있다. 그런 의미에서 보자면 크리스천은 가치의 표지標識이다.

그렇지만 《신약성경》에 보면 단 한 사람이긴 하지만, 제대로 된 인간이 등장한다. 그는 다름 아닌 예수에게 사형 판결을 내렸던 로마 총독 빌라도다.

빌라도에게는 유대의 내분 따위는 어떻게 되든 상관없었다. 유대인 한 사람을 죽이든 살리든 자신은 알 바가 아니었다. 문제는 '진리'라는 말이 잘못 쓰이고 있는 장면을 본 빌라도가 "진리란 무엇인가"라고 말했다는 것이다. 이 말은 《신약성경》에서 유일하게 가치를 지닌 말이라 해도 과언이 아니다. 또한 이 말은 《신약성경》에 대한 비판이기도 하다.

> **빌라도**(재위 26~36)
> 로마인 유대 총독(행정 장관). 예수의 재판에 입회했다. 《신약성경》에 따르면 처음에는 유대인을 엄격하게 관리했지만 점차 타협하게 되었다고 한다. 또 예수의 처형을 회피하려 했지만 유대교 사제의 뜻에 따라 최종적인 판결을 군중에게 맡겼다고 한다.

과학은 크리스트교의 최대의 적

우리가 크리스트교를 비판한다고 해서 역사나 자연 속에서 신을 찾지 않은 것은 아니다. 단지 크리스트 교회가 말하는 '신'이 사실은 가짜란 점을 말하고 있을 뿐이다. 그 '신'은 단순한 개념의 오류일 뿐 아니라 인간에 대한 범죄다. 우리는 그런 신을 인정하지 않는다. 설령 누군가가 그 신을 증명한다 해도 의심만 더해갈 뿐이다.

방정식으로 만들어보면 다음과 같다.

바울이 만든 신=신에 대한 부정.

현실 세계를 무시한 크리스트교는 필연적으로 과학을 적으로 삼아 공격한다. 또한 훌륭한 인간의 정신, 양심, 정신의 자유 등을 공격한다. 크리스트교를 믿는다는 것은 곧 과학을 부정하는 것이다.

바울은 '신앙'이라는 거짓의 필요성을 깨달았다. 그리고 후에 교회도 바울의 의도를 이해했다. 바울은 자기 편의에 부합되는 '신'을 고안해내고 문헌이나 의학과 같은 '미신의 적'을 공격했다. 그것은 다름 아닌 바울의 강한 결의 때문이었다. 자신의 뜻을 '신'이라 명명한 바울의 행동은 지극히 유대인답다.

바울의 적은 알렉산드리아 학파의 훌륭한 문헌학자와 의사였다. 그들은 크리스천에 속아 넘어가지 않았기 때문이다.

문헌학자는 《신약성경》의 실체를 꿰뚫고 있었고, 의사는 크리스천이 왜 병들었는지에 대해 생각하고 있었다. 어쩌면 문헌학자는 '사기'라고 판단했고, 의사는 '불치병'이라고 진단을 내렸는지도 모른다.

크리스트교가 전쟁을 초래한 이유

사람들은 《성경》의 첫머리에 나오는 이야기를 아직도 제대로 이해하지 못하고 있다. 거기에는 과학에 대한 신의 공포심이 묘사되어 있다. 그 이야기는 성직자가 내면적인 위험에 처한 장면에서부터 시작된다.

그 내용은 다음과 같다.

먼 옛날 완전한 존재인 신은 자신의 정원인 온세상을 자유로이 누비고 다녔다. 그러나 곧 지루해졌다. 아무리 신이라 해도 무료함을 견디기 힘들었다. 그래서 신은 인간을 만들었다. 자신 외에 인간이 있음으로 스스로 위안을 받았다.

그러나 인간은 지루해했다. 지루함이란 사치스런 감정이지만 신은 인간을 불쌍히 여겨 이번에는 동물을 만들었다.

이것이 신의 첫 번째 실패였다. 인간은 동물과 어울리지 않고 동물을 지배하며 '우리는 동물이 아니야' 하고 생각했다.

그래서 이번에 신은 여자를 만들었다. 당연히 인간은 지루해하지 않게 되었지만 이것은 신의 두 번째 실패가 되었다.

가톨릭 성직자들은 "여자의 본질은 뱀이자 이브다."라고 말한다. 요컨대 크리스트교에서는 '여자로부터 세상의 온갖 불행이 나온다'고 생각한다. 그 결과 "과학은 여자로부터 생겨난다."라고 말하게 되었다. 과학은 그들에게 재앙이기 때문이다.

'여자'가 만들어짐으로써 인간은 처음으로 '인식이라는 나무의 열매'를 맛보게 된다.

이것은 신의 계산 착오였다. 자신의 적을 만들고 만 셈이다. 인간이 과학적이 되면 성직자와 신은 그것으로 끝장나기 때문이다. 그래서 크리스트교는 과학을 금했던 것이다. 그리하여 과학은 최초의 죄이고 모든 죄를 만들어내는 제조기이며 원죄라고 했다.

《성경》에 "너희는 인식하지 말라."라는 구절이 있을 정도다.

신은 '과학으로부터 어떻게 자신을 지키면 좋을까' 하고 오랫동안 고심한 끝에 인간을 낙원에서 추방하기로 했다. 인간은 여유가 생기고 행복해지면 머리로 생각을 한다. 그래서 성직자들은 인간의 생각을 멈추게 하기 위해 '죽음', '고생', '갖가지 비참한 사건', '노화', '질병'을 만들었다. 그리고 그것들을 가지고 과학을 무너뜨리려 했다.

그럼에도 불구하고 생각하는 힘은 하늘을 거스르며 마치 신들의 영락을 알리기라도 하듯 우뚝 솟아올랐다.

인간은 사고를 멈추지 않았다. 그래서 이번에 신은 전쟁을 만들었다. 민족과 민족을 분단시키고 인간이 서로를 공격하여 멸종하도록 만들었다. 크리스트교의 성직자는 늘 전쟁을 필요로 했다. 전쟁은 과학의 발전을 방해하기 때문이다.

그러나 사고하는 힘은 매우 강했다. 전쟁이 되풀이되었지만 인간은 지혜를 가지고 신과 성직자에게서 해방되었다. 그리하여 마침내 신은 이렇게 결심하기에 이른다. '인간은 과학적이 돼버렸다. 이젠 감당할 수 없다. 인간을 익사시켜 죽이자' 라고.

과학이란 '원인과 결과'

이제 알겠는가. 《성경》의 첫머리에 있는 이야기는 크리스트교의
심리가 함축되어 있다는 것을.

크리스트교의 성직자들은 과학의 위험성을 잘 알고 있었다. 과학
은 '원인이 있어야 결과가 있다'는 건강한 사고방식을 가지고 있기
때문이다. 과학은 행복한 세상에서만 발전할 수 있다. 왜냐하면 제
대로 생각하기 위해서는 오랜 시간과 정신력이 필요하기 때문이다.
그래서 크리스트교의 성직자들은 과학의 발전을 방해하기 위해 인
간을 불행으로 이끌려고 한다.

그들의 왜곡된 논리는 '죄'를 만들어냈다. '죄와 벌', '도덕적 세
계 질서'와 같은 개념이 과학을 억압하기 위해 고안되었다.

크리스트교의 성직자들은 '인간은 외부 세계를 내다봐서는 안 된
다. 자신의 내면만 들여다보아야 한다'고 가르쳤다. 인간이 사물의
본질을 배우고 연구하며 이해하는 행위는 나쁘다. 모르면 그저 괴로

위해야 한다. 그것도 언제나 성직자를 필요로 하도록 괴로워해야 한다. 의사는 필요 없어, 필요한 것은 구세주야, 하는 식으로.

이처럼 크리스트교의 모든 가르침은 처음부터 끝까지 꾸며낸 거짓말이다. 크리스트교는 인간의 '생각하는 능력' 을 망가뜨리려 하며 '원인과 결과' 라는 과학의 기본적인 개념을 공격한다.

이것이 비겁한 겁쟁이에 교활하고 가장 질 낮은 본능을 가진 그들만의 수법이다. 마치 인간의 피를 빨아 먹고사는 거머리 같다.

되풀이되는 이야기지만 과학의 원리는 '원인과 결과' 이다. 원인이 있기에 결과가 있는 것이며, 이는 당연한 이치다. 하지만 과학은 미신에 의해 왜곡된다. '신', '영혼', '보상', '벌', '암시' 와 같은 것들에 의해 크리스트교의 편리한 '도덕적' 인 결과가 만들어진다.

'생각하는 능력' 을 못 쓰게 만드는 것.

이것이 크리스트교가 인류에게 저지른 최대의 범죄 행위다. 크리스트교는 '죄' 를 고안해내어 자신들을 추잡하게 만들었다. 이는 과학과 문화에 대한 공격이다. 또한 인간이 훌륭해지고 긍지를 가지고 살아가는 것을 방해한다.

크리스트교의 성직자들에게 '죄' 란 사람을 지배하는 도구일 뿐이다.

진리는 '인간이 쟁취할 것'

'신자'를 위해서라도 '믿음'에 대해서 생각해보자. 나는 신자들에게 이렇게 말하고 싶다. '믿음을 갖는 행위는 매우 무례한 짓이다'라고. 믿음을 갖는 것 자체가 타락한 인간이라는 증거다. 하지만 그들은 비록 오늘은 타락했을지라도 내일이 되면 제정신으로 돌아오지 않을까, 하는 기대를 가진다. 이런 내 말이 귀가 먼 사람에게도 들리는 힘이 있다.

아무래도 크리스트교에는 '효력의 증명'이라는 진리를 판단하는 기준이 있는 듯하다. '믿으면 행복해진다. 그러므로 믿음은 진리이다'라고 하는 것을 보면.

하지만 아무리 생각해보아도 이해가 안 된다. 그 '행복'은 증명된 것이 아니라 단순한 약속이기 때문이다. 다시 말해 믿음과 행복을 제멋대로 결부시켰을 뿐이다.

신자가 살아 있는 동안 '저세상' 일은 모른다. 약속이 정말 지켜지는지의 여부는 죽지 않으면 알 수 없다. 크리스트교가 말하는 '효력의 증명'이란 '믿으면 행복해진다는 약속이 반드시 지켜지리라는 믿음'이다. 왠지 조금 복잡하다.

말하자면 이런 식이다.

'그리스도를 믿으면 복을 받으리라고 나는 믿는다. 고로 믿음은 진리다'는 말이다. 이쯤에서 제대로 된 사람이라면 의문을 품게 된다. '고로' 라는 말은 도대체 어떻게 연결되는 걸까, 하고.

이것이 바로 진리의 정체다.

그러나 이건 어디까지나 가정인데, 믿으면 행복해진다는 말이 사실로 증명되었다 치자. 그렇지만 믿으면 행복해진다는 말이 진리의 증거가 될 수 있을까? 그럴 수는 없다. 그런 엉터리 같은 생각은 하고 싶지도 않다.

'진리란 무엇인가' 라는 문제와 믿으면 받게 되는 행복의 존재는 아무 관련이 없다. 애당초 그런 말을 꺼낸 것 자체가 '진리' 가 아니라는 증거다. 정확히 판단할 능력이 있는 사람이나 심오한 생각을 해본 적이 있는 사람은 이와 반대로 가르친다.

'진리' 란 인간이 오랜 세월을 거쳐 차근차근 애써 쟁취한 것이라고. 그 때문에 인간은 희생을 많이 했고 훌륭한 영혼이 필요한 적도 있었다. 진리를 추구한다는 것은 보통 힘든 일이 아니다.

그럼 정직한 생각, 즉 자신의 마음에 거짓말을 하지 않는다는 말은 무슨 뜻일까? 그것은 '아름다운 감정' 에 휩쓸리지 않고 자신의 판단에 양심을 갖는다는 것을 의미한다. '믿으면 행복해진다' 라는 거짓말을 믿어서는 안 된다.

민주주의는 필요 없다

지금까지의 이야기로 크리스트교가 '신앙'을 어떻게 이용하는지 이해했으리라 생각한다. 크리스트교의 세계는 한마디로 정신병원이다. 그러나 크리스트교의 성직자들은 이런 사실을 알지 못한다. 왜냐하면 병은 병이고 정신병원은 정신병원이라는 사실을 절대 인정하려 들지 않기 때문이다.

크리스트교는 병을 필요로 한다. 인간을 병들게 하는 것이 교회의 본래 목적이기 때문이다. 그리고 무엇보다도 교회 자체가 정신병원이다. 어느새 온세상이 정신병원 천지가 돼버렸다. 교회가 바라는 종교적 인간은 단순한 데카당스이다. 민족이 종교에 물들어 종교가 민족을 지배하게 되면 반드시 정신병자는 증가한다.

종교적인 사람의 머릿속 상태는 흥분한 사람이나 지쳐 있는 사람의 머릿속 상태와 매우 흡사하다. 크리스트교가 인류에게 주장한 가장 가치 있는 '최고'의 상태란 마음의 병을 앓는 상태이다.

나는 예전에 이런 말을 한 적이 있다.

'크리스트교에서 하는 참회나 기도와 같은 의식은 사람을 쉽게 망령들게 한다'라고.

크리스트교를 낳은 땅은 원래 병적이었다. 인간이라고 해서 누구나 크리스천이 될 수 있는 것은 아니다. 인간은 회개하여 크리스트교를 믿는 것이 아니다. 크리스천이 되기 위해서 사전에 충분히 병

약해져 있어야 한다.

우리는 하찮은 것을 경멸할 용기를 지니고 있을 만큼 건강하다. 이런 우리는 육체를 오해하라고 가르치는 종교, 영혼의 미신을 버리지 않는 종교, 영양실조를 당연시하는 종교, 건강을 적대시하고 공격하는 종교를 경멸한다. 육체를 마치 시체처럼 여기고 영혼만이 완전해질 수 있다고 믿으며 갖가지 엉터리를 만들어낸 종교를. 그들은 '신성함'이란 말을 '완전함'의 대용품으로 고안해냈다. 정말 얼간이다. 그들의 육체는 썩어 있다.

크리스트교는 사실 유럽적 운동이다. 즉, 모든 종류의 잡동사니가 모여 만들어졌다. 말하자면 크리스트교는 '인간의 부정적인 요소'의 집합체인 것이다. 그런 크리스트교 때문에 사회의 저질적 요소와 쓰레기 같은 요소가 권력을 얻으려 한다.

크리스트교가 발생한 이유는 대부분의 사람들이 생각한 것처럼 고귀한 고대 문명이 부패했기 때문이 아니다. 지금까지도 그런 설을 주장하는 학자도 있긴 하지만 그건 터무니없는 이야기다.

사실은 이렇다.

머리 나쁜 하층민들이 크리스트교에 물들어 있던 시대에도 로마 제국에는 그와 정반대인 고귀하고 아름다우며 성숙한 인간이 있었다. 그러나 다수만이 지배하게 되었다. 크리스트교와 같은 본능을 지닌 민주주의가 승리를 차지하고 말았다.

그럼 왜 불건전한 크리스트교가 승리를 차지하게 되었을까?

그 까닭은 크리스트교가 '국민적'이지 않았기 때문이다.

크리스트교는 한 민족만이 믿는 종교가 아니라 불건전하고 변변치 않은 모든 종류의 종족에게 달라붙는 종교이다. 그래서 가는 곳마다 많은 동맹자를 가질 수 있었다. 크리스트교는 건강한 사람에 대한 적대를 기본으로 하고 있다. 아름다운 것, 긍지를 가진 것, 힘이 있는 것, 그러한 것들을 보거나 듣는 일이 그들에게는 고통이다.

나는 바울이 했던 귀중한 말을 떠올려본다.

"신은 세상의 약한 자, 세상의 어리석은 자, 비천하고 멸시받는 자를 택하신다."

이 말이 크리스트교의 핵심이며 이것 때문에 크리스트교는 승리했다.

우리는 '십자가에 매달린 신'이라는 상징 속에 숨겨진 무서운 목적을 간과해서는 안 된다. 그 말에는 '십자가에 매달리는 자는 모두 신과 같은 존재이다. 우리는 십자가에 매달린다. 고로 우리만이 신적이다'라는 뜻이 내포되어 있다.

크리스트교가 고귀한 사상을 말살한 것은 인류 최대의 불행이었다.

거짓말만으로 버틴 2000년

지금까지 크리스트교는 순 엉터리라는 이야기를 해왔는데 실은 크리스트교에 이성이 전혀 없는 것도 아니다. 다만 거기에 있는 것은 병든 이성뿐이다. 말하자면 크리스트교 전용의 이성이다. 그들은 모든 바보를 자기편으로 만들어 건강한 정신을 저주했다. 크리스트교의 본질은 병이다. 따라서 크리스트교를 믿는 것도 일종의 병이다.

정확한 사고를 하는 과학적인 방법을 교회는 방해했다. 어떤 것에 의문을 품은 행위를 크리스트교에서는 '죄'로 인식하기 때문이다. 크리스트교 성직자들의 눈은 혼탁하다. 마음이 더러워졌기 때문에 정신까지 썩었다는 증거다.

자신도 모르는 사이에 거짓말을 하는 것, 거짓말 때문에 거짓말을 하는 것, 정확한 판단을 하지 못하는 것, 이것이 데카당스다. 즉, '신앙'이 주는 '진리'가 무엇인지 알려고 하지 않는 태도이다.

크리스트교 성직자들의 본심은 '진리'를 무시하는 것이다. 그들은 인간을 병들게 하는 것을 '선'이라 부르고 건강하게 만드는 것을 '악'이라고 단정한다.

그들에게 거짓말은 숙명과도 같다.

그들에게는 문헌학의 지식이 전혀 없다. 여기서 문헌학이란, 일반적인 의미로 '잘 읽는 기술' 정도로 이해해줬으면 한다. 다시 말해 문헌학이란 사실을 왜곡하지 않고 신중히 해석해.참을성 있게 내용을 파악하는 기술이다.

다윗

이러한 능력은 평소에 책이나 신문을 읽을 때 또는 기상 통보에도 응용할 수 있다. 그러나 신학자는 '조국 군대의 승리'와 같은 사건을 다윗이 지은 시에 대조하는 식으로 '성경의 말'을 해석한다.

문헌학자인 내 입장에서 보면 너무 대담하다고 해야 하나……. 아니, 솔직히 말하면 기가 막혀 말이 안 나온다.

촌스러운 크리스천이나 그 밖의 많은 바보들이 자신들의 참담한 생활을 '신의 은총', '신의 구원 과정'이라고 한다면 문헌학자인 나는 대체 뭐라고 설명해야 하는가.

조금만 더 머리를 써보면 어떻겠는가. 이건 한낱 유치한 속임수에 지나지 않는다. 그것도 가장 품위 없는 수법이다.

예를 들면 언제나 코감기를 고쳐주는 신이라든가 폭우가 쏟아질 때 마차에 타라고 명령하는 신이 실제로 있다고 해도 역시 그런 수준의 신은 없애지 않으면 안 된다. 신의 본연의 모습과 모순되기 때문이다.

직장인이나 우체부, 기상 통보관 같은 신은 너무 시시하지 않은가.

나름대로 '문화국' 이라 일컬어지는 독일에서는 지금도 세 명 중에 한 명은 '신의 인도'를 믿는다고 한다. 이런 독일인이 있다는 사실이 무척 실망스럽다.

다윗[재위 B.C. 1000(?)~B.C. 960]
고대 이스라엘 통일 왕국의 제2대 왕. 남방의 유대와 북방의 이스라엘을 통일하여 왕조를 세웠다. 수도를 예루살렘으로 정하고 왕국을 번영시켰다. 이스라엘을 구하는 구세주는 다윗의 자손에서 나온다고 하여 《신약성경》에서는 예수를 '다윗의 자손'에 비유하기도 한다.

제6장

적은 크리스트교이다

위대한 정신은 모든 것에 대해 의문을
갖는다. 모든 종류의 확신으로부터
자유로워져 뭔가를 생각하는
강한 힘을 가지고 있다.
이는 확신에 대한 저항이다.

신앙이란 자기 상실

순교자란 자신이 믿고 있는 종교를 위해 자신의 생명을 버리는 사람이다. 크리스트교 세계에서는 순교가 중요한 테마이지만 순교자와 '진리' 사이에는 처음부터 아무 관계도 없다. 순교자들은 자기가 '진리'라고 믿는 것을 세상 사람들에게 이야기한다. 그러나 그 이야기의 수준이 무척 낮다. 처음부터 그들은 '진리'를 전혀 알지 못했다.

너무 시시해서 굳이 반론하고 싶지 않다. 그러나 '진리'란 어떤 사람은 가지고 있고 또 어떤 사람에게 없는, 그런 것이 아니다. 농사꾼이나 그렇게 생각할 뿐이다.

양심이 있는 사람은 '진리'를 쉽게 얻을 수 없다는 것을 잘 알고 있다.

선지자나 종교 지도자는 '진리'를 말한다. 또 자유주의자나 사회주의자와 같은 사람들도 '진리'에 대해 이야기한다. 그러나 그런 행위는 그들이 정신적으로 미숙하다는 증거밖에 되지 않는다.

분명 사람들은 순교자들의 죽음을 보고 당황했다.

'목숨을 걸었을 정도라면 틀림없이 뭔가 중요한 의미가 있을 거야' 하고 생각했다. 이런 바보들이 있으니 무엇 하나 제대로 판단할 수 없다. 순교자는 진리를 왜곡했다. 그들은 조금이라도 공격받을 것 같으면 순교자라는 '명예'를 얻을 수 있었다. 그러나 뭔가를 위해 목숨을 버렸다 해도 그 대상의 가치가 변하지 않음은 두말할 나위가 없다.

크리스트교의 신학자가 고안해낸 순교자는 이미 그 실체가 드러났다.

크리스트교를 박해한 사람들이 저지른 오류는 박해당한 사람들이 명예를 얻었다고 믿는 데 있다. 다시 말해 '순교'라는 도구를 적이 사용하고 만 것이다.

사람들은 아직도 그 부분을 잘못 이해하고 있다. 왜냐하면 '누군가가 너희를 대신하여 십자가에 매달려 죽었다'고 믿기 때문이다. 그러나 논리적으로 생각해보면 예수가 십자가에서 죽은 것은 '진리'의 근거가 되지 못했음을 쉽게 알 수 있다. 이렇게 간단하고 당연

루소

한 것을 지금까지 지적한 사람이 아무도 없었다.

아니 단 한 사람 있었다. 바로 차라투스트라였다.

"크리스트교는 자기가 걸어온 길에 핏자국을 남겼다. 머리가 나쁜 그들은 피로 진리가 증명된다고 믿었다. 그러나 피는 진리에 대한 최악의 증인이다. 피는 가장 순수한 가르침을 더럽히고 망상이나 증오로 바꾸었다. 만약 누군가가 자신의 가르침을 위해 불속에 뛰어든다 해도 그것으로 증명되는 것은 자신의 몸을 태움으로써 생겨나는 자기 자신의 가르침이지 진리는 아니다."

또한 그는 "위대한 정신은 사물에 대해 의문을 갖는 것이다."라고 말했다. 차라투스트라는 정신력과 자유는 사물에 대해 의문을 갖는 데서 생겨난다고 믿었다.

무엇이든 믿는 사람은 가치를 판단할 줄 모른다. 믿는다 함은 감옥 속에 들어가 있는 상태나 다름없다. 외부세계는 물론 자기 자신조차 알 수 없기 때문이다. 물론 자신의 생각을 피력하기 위해서는 확신이 필요하다. 그것이 자기 발언의 중심이 되므로.

그래도 위대한 정신은 모든 것에 대해 의문을 갖는다. 모든 종류의 확신으로부터 자유로워져 뭔가를 생각하는 강한 힘을 가지고 있다. 이는 확신에 대한 저항이다. 경우에 따라서 그들은 확신을 수단으로 삼는다. 의심하는 위대한 정신은 확신을 이용한다는 의미다. 그들은 확신에 절대 굴복하지 않으며 또한 자신이 사고의 주체임을 알고 있다.

로베스피에르

그러나 뭐든 믿는 사람은 사고의 주체가 아니다. 그는 믿는 대상에 이용당하고 있을 뿐이다. 그와 동시에 그는 자신을 이용할 누군가를 필요로 한다.

신자는 자기 상실을 명예라고 믿는다. 그의 '지혜'와 '경험' 그리고 '허영심'이 그 원인이다.

결국 자기 상실, 즉 자기 자신을 소홀히 하는 것이 신앙이다. 다시 말해 그들은 외부로부터의 강제나 구속을 필요로 하는 노예이다. 믿는 사람은 성실한 사람을 적대한다. 그리고 성실한 사람을 '진리에 반하는 자'로 단정한다.

'진리란 무엇인가' 하는 문제를 제대로 생각하려면 신앙에 관한 문제는 제쳐놓아야 한다. 그러면 광신자들이 설 자리는 사라진다.

그러나 유감스럽게도 사보나롤라, 루터, 루소, 로베스피에르, 생시몽과 같은 변변치 않은 광신자들의 과장된 태도는 사람들의 감정에 영향을 미친다. 광신적인 사람들 역시 쉽게 눈에 띈다. 사람들은 논리적인 설명을 듣기보다 요란한 몸짓으로 말하는 사람을 쳐다보기 마련이다.

차라투스트라[B.C. 628~B.C. 551(?)]
조로아스터교의 창시자인 조로아스터의 독일식 이름. 경전 《아베스타》에는 우주의 역사가 선의 신과 암흑의 신의 투쟁이며 마지막에는 선의 신이 승리하여 전 세계가 정화된다고 서술되어 있다. 니체는 그의 저서 《차라투스트라는 이렇게 말했다》에서 자신의 사상을 조로아스터에 비교하여 성전 형식으로 서술했다.

사보나롤라(1452~1498)
도미니크회의 수도사. 피렌체의 성 마르코 수도원에서 메디치가의 지배체제를 비판했다. 메디치가가 추방된 후에는 공화국의 정치고문이 되어 소위 신정정치(신권정치)를 편다. 교황을 비판한 사건으로 파문당한 후 점차 반감을 사게 되어 재판에서 사형 판결을 받는다. 종교개혁의 선구자라고도 불린다.

루소(1712~1778)
프랑스의 철학자이자 정치 사상가이며 소설가. 스위스에서 태어났다. 저서 《학문예술론》에서 문명사회를 비판하고 '자연으로 돌아가라'라고 주장했다. 또한 국가와 사회는 구성원인 개인의 자유의사에 바탕을 둔 계약에 의해 성립된다는 '사회계약론'을 발표했다. 이는 프랑스 혁명에 커다란 영향을 미쳤다.

로베스피에르(1758~1794)
프랑스의 정치가. 프랑스 혁명 후 파리의 자코뱅 수도원 안에 본부를 설치한 자코뱅파(급진파)의 중심 인물로서 지롱드파(보수파)를 추방하고 정권을 잡는다. 1793년부터 독재체제에 돌입하여 반反 혁명파를 철저히 탄압하는 공포 정치를 했다. 1794년 테르미도르 반동에 의해 처형당했다.

'거짓'의 구조

나는 오랫동안 '확신'이 진리의 적이라 생각해왔다. 그래서 이 단
락에서는 결정적인 문제를 제시하고 싶다. 그것은 바로 '거짓'과
'확신' 사이에 원래 대립이 있었는가, 하는 점이다. 세상 사람들은
거기에 대립이 있음을 인정하면서도 금세 뭐든 믿고 만다.

'확신'은 오랜 역사 속에서 갖가지 시행착오와 실패를 거듭해오면
서 탄생했다. 물론 '확신'이 생기는 과정에 '거짓'이 섞이는 일도 있
었다. 인간은 세대교체를 하기 때문에 부모 세대에는 '거짓'이었던
것이 자식 세대에는 '확신'으로 바뀌는 경우도 있다.

여기서 내가 '거짓'이라는 이름을 붙인 이유는 사람들이 보이는
대로 보려 하지 않는 태도 때문이다. 보이는 대로 보려 하지 않음은
당파적인 인간의 특징이다. '당파적'이란 '생각과 이해를 같이하는
사람들끼리 뭉친 단체'를 말하는데, 그들은 필연적으로 거짓말쟁이

가 된다.

예를 들면 독일의 역사학회는 '로마가 전제 정치를 폈다' 든가 '게르만인은 자유정신을 세계에 들여왔다' 는 등의 이야기를 하면서 자기들에게 편리한 것만 '확신' 하고 있었는데 이런 확신이 '거짓' 과 무엇이 다르단 말인가.

이런 당파적인 인간이 반드시 입에 담는 말은 '도덕' 이다.

모든 종류의 당파적인 인간들이 도덕을 매 순간 필요로 하기 때문에 도덕은 사라지지 않는다.

"이것이 우리의 확신이며 우리는 이 확신을 온세상 사람들 앞에서 고백한다. 우리는 이것을 위해 죽고 산다. 확신을 가지고 있는 모든 것에 대해 경의를 표하라."고 말하는 셈이다.

이와 비슷한 말은 반유대주의자한테도 들은 적이 있지만 이런 말은 하면 안 된다. 품위만 떨어뜨릴 뿐이다.

크리스트교의 성직자들은 '확신' 을 능숙하게 활용한다. 그들은 '확신' 이라는 개념에 약점이 있음을 알기에 '확신' 대신 '신', '신의 뜻', '신의 계시' 와 같은 키워드를 빈틈없이 사용한다. 이런 교활함은 유대인에게 전수받았다.

칸트도 같은 부류이다. 그 역시 크리스트교의 성직자와 같은 논리를 이용했다.

그들의 논리를 정리하면 다음과 같다.

● 제1단계

'무엇이 진리인가', '무엇이 진리가 아닌가' 하고 생각하면 인간으로서는 해결할 수 없는 문제가 있음을 깨닫는다. 가장 높은 곳에 있는 문제와 가치관에는 모두 인간의 이성이 미치지 못한다.

인간의 이성에 한계가 있음을 이해하는 것.

이것이 진정한 철학이다.

● 제2단계

신이 왜 인간에게 계시를 주었을까? 그 이유는 무엇이 선이고 무엇이 악인지 인간 스스로는 알 수 없기 때문이다. 그래서 신은 '신의 뜻'을 인간에게 알렸다.

● 제3단계

성직자는 거짓말을 하지 않는다. 성직자의 말에는 원래 '진리'나 '비非 진리'라는 문제가 존재하지 않는다. 성직자의 말에는 거짓이 있을 여지가 전혀 없다. 왜냐하면 거짓말을 하기 위해서는 무엇이 '진리'인지 결정되어야 하기 때문이다. 그러나 인간은 '진리'를 결정할 수 없다.

따라서 성직자는 신의 대변인이 되어 '진리'를 말한다.

성직자들의 이 같은 짜 맞추기식 논리는 유대인이나 크리스트교만의 특징이 아니다. '거짓'을 말할 권리와 '신의 가르침'을 이끌어

공자

내는 것은 성직자 특유의 능력이며 다른 종교도 마찬가지다.

'율법', '신의 뜻', '성경', '영감' 등은 성직자가 권력을 잡기 위한 도구이며 모든 성직자적인 조직에서 찾아볼 수 있다.

'성스러운 거짓말'은 중국에서 유교를 가르친 공자, 고대 인도의 《마누법전》, 이슬람교의 창시자인 마호메트, 크리스트교 등 모든 종교에 공통적으로 내포되어 있다. 플라톤의 개념도 마찬가지다.

"진리는 여기에 있다."라는 말은 어디에 쓰이든 전부 거짓이다.

공자[B.C. 552(?)~ B.C. 479]
중국 춘추시대의 사상가. 산둥성 남서부에 있는 노魯에서 태어났다. 그는 기존의 사상을 집대성하고 유교를 체계화하였다. 최고의 덕목은 '인仁, 배려하고 공생하는 마음'이며, 그것을 관철함으로써 도덕이 유지된다고 했다. 한무제가 유교를 국교로 정한 후, 전국에 전파되었고 중국 봉건왕제의 사상적 기반이 되었다.

마누법전
브라만교의 법전. 기원전 2세기부터 서기 2세기 동안에 성립되었다. 전12장 2684조로 구성되어 있다. '마누'란 산스크리트어로 '인류의 조상'을 나타내는 말로 종교와 도덕, 카스트제도에서 우주의 존재까지 규정하고 있으며, 브라만교와 힌두교의 정신적인 규범이 되었다.

크리스트교는 여자를 무시한다

그럼 그들이 거짓말을 하는 이유는 무엇일까? 그 부분이 가장 어렵다. 나는 크리스트교에 '성스러운' 목적이 결여되어 있다고 본다. 이 때문에 나는 크리스트교에 반박한다.

크리스트교에는 나쁜 목적밖에 없다. '죄'라는 개념을 이용하여 인간의 삶을 더럽히고 비방하고 부정한다. 인간의 가치를 폄하하고 인간을 더럽히는 일만 생각한다. 따라서 그 수단 또한 나쁘다.

고대 인도의 법전인 《마누법전》을 읽을 때는 《성경》을 읽을 때 느꼈던 역겨움은 느낄 수 없다. 《마누법전》은 《성경》과 비교하며 실례가 될 정도로 정신적으로 훌륭한 작품이다. 읽어보면 알겠지만 《마누법전》에는 진정한 철학이 들어 있다. 심리학자까지도 음미해볼 만한 무언가가 담겨 있다.

《성경》과 《마누법전》이 근본적으로 다른 점은, 철학자나 군인과 같은 고귀한 계급이 법전을 수단으로 대중을 보호한다는 점이다. 어느 곳을 펼쳐보아도 고귀한 가치와 완전하다는 느낌, 인생에 대한 기쁨, 승리를 얻은 행복감이 마치 태양처럼 반짝인다. 크리스트교가 더러운 방법으로 부정적으로 취급하는 '생식', '여성', '결혼' 등을 《마누법전》에서는 진지하게 경외하면서 사랑과 신뢰를 가지고 다룬다.

"음행을 피하기 위해 남자마다 자기 아내를 두고 여자마다 자기 남편을 두라. 만일 절제할 수 없거든 결혼하라. 정욕이 불같이 타는 것보다 결혼하는 것이 나으니라." (고린도전서 7장 2절, 9절)

당신이라면 이 같은 저속한 말들이 씌어 있는 《성경》을 어린이나 여성에게 읽힐 수 있는가.

크리스트교에서는 처녀가 임신을 한다고 한다. 즉, 인류의 탄생이 크리스트교화되었다. 다시 말해 임신이라는 여자의 신성한 의무가 더럽혀졌다. 그런데도 크리스천이 인간으로서 용서받을 수 있을까?

《마누법전》은 이와 정반대이다. 나는 여성을 이토록 많이 배려하고, 여성에 대해 호의를 담은 책을 본 적이 없다. 《마누법전》을 집필한 늙은 백발의 성자들은 여성에 대한 최대한의 예의를 알고 있었다.

그들은 이렇게 말한다.

"여인의 입, 소녀의 가슴, 어린아이의 기도, 제물의 연기는 늘 순결하다."

"태양의 빛, 암소의 그림자, 공기, 물, 불, 소녀의 숨결보다 더 순결한 것은 없다."

그리고 마지막으로,

"배꼽 위쪽의 모든 구멍은 순결하고 배꼽 아래쪽은 순결하지 않다. 그러나 처녀의 경우는 온몸이 순결하다."고 했다.

하긴 이 말들도 모든 종교에 공통되는 일종의 '신성한 거짓말'일 테지만.

법률은 인간이 만들지 않았다

크리스트교의 목적과 《마누법전》의 목적을 비교해보면 크리스트교가 얼마나 불결한지 분명히 알 수 있다. 이것은 현장에서 범인이 범행하는 순간을 포착했을 때의 느낌이며 보고 있으면 나도 모르게 웃음이 터질 정도다.

《마누법전》은 다른 훌륭한 법전들처럼 몇 세기라는 긴 세월 동안의 경험과 거기서 생겨난 지혜로 만들어졌다. 그것은 이미 결정판이라 해도 될 만큼 완벽에 가깝다.

이런 법전을 만들 때의 전제 조건은 다음과 같다.

그것은 오랜 세월을 지나오면서 많은 희생을 치른 후 마침내 손에 넣은 '진리'에 권리를 부여하는 일과 그 '진리'를 증명하는 일은 근본적으로 다르다는 생각이다.

법전에는 법률의 효용이나 근거 그리고 법률이 완성되기 전의 의심되는 부분은 씌어 있지 않다. 왜냐하면 그것을 말해버리면 '반드시 지켜야 한다'는 법률의 명령문으로서의 조건을 상실하기 때문이다.

문제는 바로 이 점에 있다.

한 민족이 어느 시점까지 발전하면 그 속에서 역사를 날카롭게 통찰하는 사람들은 '우리가 살아가는 사회는 이미 완성되어 고착되었다'고 선언한다. 왜냐하면 새로운 '경험을 받아들여 사회가 동요하는 것보다 지금까지의 수확물로 가능한 한 풍요롭게 살고자 하기 때문이다. 그러므로 사회의 가치가 정해지지 않고 술렁거리는 상태는 피해야 한다. 또한 이미 정해진 가치를 언제까지나 생각하고 선택하며 비판하는 일도 삼가야 한다.

그럼 이 법률은 어떻게 정당화시킬까?

우선 첫 번째 방법으로는 계시를 이용하는 것이다.

"사람이 법률을 지켜야 하는 이유는 법이 신에게서 나왔기 때문이다. 사람들이 오랫동안 실패를 반복하면서 탐구하여 발견해낸 것이 아니다. 신에게서 계시라는 기적이 나왔기 때문이다."

두 번째 방법으로는 전통을 지키는 것이다.

"이 법은 이미 오랜 옛날 완성되었다. 그러므로 이것에 의문을 품는 행위는 조상에 대한 실례이며 범죄다."

말하자면 법의 권위를 지키기 위하여 '신에게 부여받았기 때문에', '조상이 지켜왔기 때문에'라는 구실을 붙이는 셈이다.

과연 그렇구나 싶다. 오랫동안 쌓아온 경험으로 의식적인 것은 배제하자는 취지이다. 이리하여 민족의 본능은 탄생된다. 이는 명인의 기예라고도 할 만큼, 민족이 살아가기 위한 중요한 기술이며 이로 인해 민족은 통합된다.

《마누법전》과 같은 법전을 만드는 이유는 민족을 잘살게 하기 위함이다. 지금보다 더 나은 삶을 추구할 수 있도록 민족에게 허락하는 것이다.

평등주의는 '악마의 사상'

내가 지금까지 이야기해 온 '신성한 거짓말'의 목적은 인간을 무의식적으로 만들기 위함이다. 신분 계급의 질서, 최고의 법, 지배하는 법 등은 인간이 전혀 손대지 않은 본래의 자연 질서와 법칙성을 그저 인정했을 뿐이다. 현대적인 이념으로는 그것들을 좌우할 수 없다.

건전한 사회라면 인간은 자연스럽게 세 유형으로 나누어진다.

정신이 훌륭한 사람, 근육이나 기질이 강한 사람 그리고 그 이외의 평범한 사람.

당연히 평범한 사람의 수가 가장 많다. 그 밖의 선택된 엘리트는 극소수이다.

이 소수들은 고귀한 자의 특권을 가지고 있다. 그 특권에는 '행복', '미', '선의' 등을 지상에 실현시킬 권리가 포함되어 있다. 또 정신적인 인간들에게는 아름다움을 맛볼 수 있는 권리가 허락되었다. 그들에게 '선의'는 나약함이 아니다. 아름다움은 소수들의 것이다. 따라서 '선의'도 하나의 특권이다.

더러운 수법을 쓰거나 매사를 비관적으로 생각하고 무엇이든 추하게 보며 모든 것에 무턱대고 분노하는 것은 하층민의 특권이다.

가장 정신적인 자의 본능은 '세상은 완전하다'라고 말한다. 세상에는 수준 낮은 것이나 불완전한 것도 많지만 그런 모든 것을 전부 포함하여 완전하다고 한다.

가장 정신적인 인간은 강자의 자각을 지니고 있다. 그러므로 남들이 "더이상 못해."라고 할 때 미로 속에서, 엄격한 인간관계 속에서 그리고 뭔가를 시험해보는 가운데서 자신의 행복을 발견한다.

그들은 자제를 추구한다. 그리고 인내를 자신의 본능으로 여긴다. 그처럼 무거운 과제를 그들은 특권으로 간주한다. 또 나약한 인간이라면 짓눌려버릴 듯한 무거운 짐을 아무렇지 않게 가지고 논다.

정신적인 인간은 존경받을 만하다. 게다가 쾌활하여 사랑받을 가치가 있는 인간이기도 하다.

그들은 지배하는 일을 한다. 그들이 원해서가 아니라 처음부터 그렇게 하도록 태어났다.

그들은 임의로 두 번째 계급이 될 수 없다. '두 번째 계급'이란 가장 정신적인 인간이 지배를 행할 때 그 옆에서 자질구레하고 성가신 문제를 도맡아 처리하는 인간이다. 따라서 그들은 가장 정신적인 인간의 오른팔이 되어 일한다.

이처럼 인간이 구별되는 것은 자연스런 현상이다. 이것은 인간이 의식적으로 만든 제도가 아니다.

만약 예외가 있다면 그것은 인간이 자연을 왜곡하여 만든 것이다.

신분 질서란 인간이 살아가는 데 필요한 최상위의 법칙이다. 인간을 세 계층으로 나누는 일은 사회를 유지하고 보다 높은 유형으로 향상시키기 위하여 필요하다.

권리의 불평등이야말로 권리가 존재하기 위한 조건이다.

권리는 곧 특권이다.

평범한 사람에게도 특권이 있다. 그리고 가장 정신적인 인간은 그런 평범한 사람이 가지고 있는 특권을 업신여기지 않는다. 왜냐하면 높은 곳을 향해 가는 사람은 올라갈수록 추위가 심해지고 책임도 무거워지기 때문이다. 따라서 수준 높은 문화란 피라미드와 같은 것이기에 넓은 지반에만 쌓아올릴 수 있다.

그러니 평범한 사람이 많아야 한다. 수공업, 상업, 농업, 학문, 예술과 같은 일의 대부분은 적당한 능력과 적당한 욕망으로 유지된다. 그것은 귀족주의와도 무정부주의와도 관계가 없다.

인간이 공공의 이익을 위해 하나의 톱니바퀴로써 기능하는 것은 극히 자연스러운 일이다. 사람들을 톱니바퀴로써 기능하게 만드는 것은 사회가 아니다. 단순히 '나는 뭔가 할 수 있는 능력이 있다고 느끼는 행복감'이 그렇게 만든다. 평범한 사람에게는 평범함이 하나의 행복이다.

하나의 능력을 가지고 전문적인 일을 하는 것이 인간의 자연스러운 본능이다. 수준 높은 문화는 이런 평범함의 존재를 조건으로 한다. 따라서 평범한 사람을 무시하면 안 된다. 예외적인 인간이 평범한 인간을 너그러운 마음으로 소중히 다루는 태도는 단순한 예의가 아니다. 한마디로 말하면 그것은 예외적인 인간의 의무이다.

세상에는 초라하고 불쾌한 사람이 참 많다.

그중에서도 가장 하등한 존재가 사회주의자다. 일에 대한 의욕, 일하는 즐거움, 일을 해냈을 때의 성취감, 이런 것에 대해 악의를 가지고 공격하는 자들이 바로 사회주의자란 이름의 하층민이다. 그들은 노동자들이 서로 시기하고 복수하도록 가르친다.

부당함은 결코 권리의 불평등에 있지 않다. 부당함은 권리의 '평등'을 요구하는 데 있다. 지금까지 한 말처럼 '나약함'과 '시기', '복수'에서 나쁜 것들이 생겨난다.

무정부주의자와 크리스트교도 결국은 한통속이다.

크리스트교가 파괴한 로마제국

사람은 언제 거짓말을 할까? 역시 거짓말로 뭔가 지키려고 할 때 또는 파괴하려 할 때이리라. 생각해보니 그것들은 서로 상반된다. 그런데 크리스트교는 무정부주의자와 매한가지이기 때문에 파괴만을 목표로 한다. 역사를 뒤돌아보면 분명히 알 수 있다. 역시 역사가 입증해준다.

조금 전에도 말했지만 종교적인 법의 목적은 더 나은 인생을 살기 위한 여러 가지 조건이나 사회의 위대한 조직을 '영구화' 시키는 것이다. 위대한 조직에서는 인생이 풍요로워지기 때문에 크리스트교는 그것에 대해 공격을 시도한다.

《마누법전》에는 오랜 세월에 걸쳐 획득한 수확물은 이익을 좀더 높이기 위해 잘 운영하여 보다 크고 풍요롭게, 완전하게 만들어야 한다고 기록되어 있다.

반대로 크리스트교는 로마의 거대한 업적을 하루아침에 무너뜨렸다. 크리스트교는 세상을 완전히 파괴했다.

크리스트교와 무정부주의자는 모두 데카당스다. 해를 거듭할수록 해체를 일삼고, 왜곡하며 서로의 피를 빠는 일 말고는 아무 능력이 없다. 서 있거나 지속적이거나 미래를 약속하는 것은 모두 증오하고 저주한다. 크리스천은 로마제국의 피를 다 빨아먹었다.

로마의 역사는 훌륭했다. 사실 로마제국은 더욱 확대될 수 있었다. 로마제국이라는 경이로울 만큼 규모가 큰 예술 작품은 하나의 시작에 불과했지만 수천 년이 지나면 그 진가를 발휘하도록 짜여진 거대한 프로젝트였다. 이만큼 규모가 큰 사업은 역사적으로 볼 때 지금까지 한 번도 없었다.

로마제국은 위대했다. 설령 변변치 않은 인간이 황제가 되었다 해도 토대가 흔들리는 경우는 없었다. 누가 황제가 되든지 그것은 우연일 뿐 국가 기반에는 아무런 영향도 미치지 못했다. 실은 이것이 모든 위대한 건축물의 조건이다.

그러나 그런 위대한 로마제국도 썩어 문드러진 크리스천을 막을 수 없었다. 구더기들은 어둠과 안개에 몸을 숨기고 사람들에게 살금살금 다가와 '참된 것'에 대한 진지함과 현실 세계에서 살아가기 위한 본능을 사람들에게서 빨아냈다. 그리고 로마제국이라는 거대한 건축물에서 '혼'을 야금야금 빼앗아갔다.

로마제국 사람들은 자기 나라에 대해 자신의 의견과 진지함과 긍지를 가지고 있었다. 그렇지만 그 남성적이고 고귀한 본능을 빼앗기고 말았다. 위선자들의 음모가 로마를 지배하고 만 것이다.

'지옥', '죄 없는 자의 희생', '피를 마심으로써의 신적인 합체'와 같은 기분 나쁜 이야기가 하층민의 온갖 원망에 의해 퍼져나갔다.

일찍이 고대 그리스의 철학자 에피쿠로스는 '빛', '벌', '불멸'과 같은 개념 때문에 영혼이 더러워진다고 비판했다. 이에 대해 로마의 철학자이자 시인인 루크레티우스가 《사물의 본질에 대하여》라는 책을 썼으니 한번 읽어보는 것도 좋겠다.

에피쿠로스는 지하적인 예배와 모든 크리스트교적인 발상에 도전했다. 그가 '불멸'을 부정한 것 자체가 진정한 구원이라 해도 과언이 아니다. 그때 사람들은 에피쿠로스가 승리를 거두리라 여겼다. 로마 제국의 모든 존경할 만한 사람들이 에피쿠로스와 같은 생각을 가지고 있었기에.

하지만 그때 바울이 나타났다. 로마와 '세상'을 적대하는 하층민, 증오의 천재, 유대인 중의 유대인, 영원한 유대인의 전형인 바울이 등장했다.

바울은 이렇게 생각했다.

유대교에서 떨어져나온 크리스천의 작은 종파 운동을 이용하여 세상을 모조리 태워버리겠다고. '십자가에 매달린 신'이라는 이야기를 가지고 사람들을 속여야겠다고. 그리고 로마제국 안에서 기죽어 사는 하층민, 반란을 일으키고 싶어 하는 무리, 음모를 품고 있는 무정부주의자 등 뭐든 거대한 힘을 이용해주겠다고.

그는 유대인 중에서 구세주가 날 것이라고 말했다.

바울은 모든 지하적인 예배를 이용했다. 머리가 좋다고 해야 할까, 교활하다고 해야 할까? 바울은 그런 개념을 가지고 진리를 공격하고 '구세주'를 고안해내어 자기에게 유리한 말을 하게 했다.

바울은 알고 있었다.

'이 세상'을 무가치하게 만들기 위해서는 '불멸의 신앙'이 필요하다는 것을. 그리고 '지옥'이라는 개념을 이용하면 로마를 지배할 수 있다는 것을. '저세상'을 가지고 사람들은 위협하면 이 세상을 망가뜨릴 수도 있다는 것을.

로마제국
고대 서양의 최대 제국. 기원전 8세기경 라틴족이 이탈리아반도의 테베레 강변에 도시국가를 건설했다. 포에니 전쟁에서 승리하여 지중해 연안 일대를 지배했으며 기원전 27년에는 옥타비아누스가 제정을 펼쳐 영토를 확대했다. 전성기인 오현제 시대에는 대서양 연안에서 소아시아까지 이르는 대제국이 되었다. 그러나 395년에 동서로 분열되었다.

루크레티우스[B.C. 99(?)~B.C. 55(?)]
로마 공화정 시대의 시인이자 철학자. "우주는 원자로 구성되어 있다"고 한 에피쿠로스의 세계관을 주제로 유일한 저서인 철학시 《사물의 본질에 대해》(전6권)를 집필했다. 자연과 신들에 관한 사람들의 미신과 오해에 대해 반박했고 사후의 벌에 대한 공포로부터 인간을 해방시키려 했다. 훗날 유물론에 커다란 영향을 미쳤다.

이슬람교에 무시당해도 싸다

결국, 고대 세계의 모든 사업은 헛수고로 끝나고 말았다. 이는 이루 말로 표현할 수 없을 정도로 엄청나게 애석한 사건이다. 그 사업은 아직 준비 단계에 있었다. 수천 년도 더 걸릴 사업의 기초 공사에 겨우 확신을 가지기 시작할 무렵이었다. 그러나 그것이 소용없게 되었다. 그리스인과 로마인이 애써서 이루어놓은 것들이 모조리 물거품이 되어버렸다.

모든 문화와 학문의 전제 조건이 되는 과학적 방법은 이미 그곳에 존재하고 있었다. 자연과학은 수학이나 역학과 손을 잡아 순조롭게 발전하고 있었다. '사실을 정확하게 파악한다'는 가장 가치 있는 궁극적인 감각이 이미 수천 년의 낡은 전통이 되었다.

여러분도 알고 있는가?

다시 말해 큰 사업에 착수하기 위한 모든 본질적인 것이 이미 발견되어 있었다.

그러나 가장 본질적이며 가장 어려운 것, 관습이나 게으름을 극복하여 마침내 획득한 것, 이런 모든 것들이 크리스트교에 의해 파괴되고 말았다.

우리는 열심히 노력하여 자기 자신을 극복해야 한다. 왜냐하면 우리의 몸속에는 나쁜 크리스트교의 본능이 남아 있기 때문이다. 우리를 위해 되찾은 것, 즉 자유로운 시선과 신중한 손 그리고 사소한 것에 대한 인내와 진지함, 이러한 것들은 이미 이천 년도 더 된 옛날에 있었다.

이것들은 표면적인 지식이나 거친 독일식 교양으로서 존재했던 것은 아니다. 육체와 몸짓 그리고 본능, 한마디로 말하면 현실적으로 존재하고 있었다. 그러나 이 모든 것이 물거품이 돼버렸다. 하루아침에 한낱 추억이 되고 말았다.

그리스인과 로마인이 지녔던 고귀한 본능, 취미, 방법적인 연구,

성 아우구스티누스

조직과 관리의 우수한 기술, 신념, 인류의 미래에 대한 의지, 이런 소중한 것이 일순간에 매장돼버렸다. 모든 것에 대한 긍정, 이것은 단순한 기술적인 문제가 아니다. 로마제국의 '양식'이 위대했기 때문에 가능했다.

그러나 그런 것들이 수포로 돌아가고 말았다. 게다가 그 원인이 자연재해도 아니었다. 외국인에게 짓밟히지도 않았다. 교활하게도 모습을 드러내지 않는 피에 굶주린 흡혈귀에게 치욕을 당한 것이다. 정복당한 것이 아니라 피를 다 빨리고 만 것이다. 그리하여 질투와 숨겨진 복수심이 지배하게 되었다.

비천한 자와 고통받는 자 그리고 나쁜 감정으로 번뇌하는 자들로 유대인의 도시처럼 마음이 더럽혀진 세상이 순식간에 확대되었다.

그럼 왜 이런 더러운 인간이 상위를 차지하게 되었을까?

그 이유를 이해하려면 크리스트교를 부추긴 인간, 바로 성 아우구스티누스가 쓴 글을 읽어보면 된다.

그러나 여기서 크리스트교 운동의 지도자들에게 논리적인 사고력이 없다고 생각하면 안 된다. 그들의 두뇌는 비상했다. 그들에게 결여된 것은 두뇌와는 전혀 상관없는 다른 무엇이었다. 자연은 깜빡하고 그들에게 존경스럽고 품위 있으며 순수하고 기본적인 본능을 주지 않았다.

우리끼리 하는 이야기지만 그들은 제대로 된 남자도 아니다. 이슬람교는 크리스트교를 무시하는데 그들에게는 그럴 권리가 있다. 왜냐하면 이슬람교는 남성을 전제 조건으로 하고 있기 때문이다.

> **성 아우구스티누스[354~430]**
> 초기 크리스트 교회의 최대 신학자이며, 북아프리카에서 태어났다. 처음에는 마니교를 믿었으나 밀라노에서 세례를 받고 크리스트교로 개종한 뒤 고향인 북아프리카로 돌아가 히포의 주교로 취임했다. 그는 인간은 신의 절대적인 은총에 의해서만 구원을 받고 교회는 절대적인 존재라고 말했다. 저서로는 《고백론》, 《삼위일체론》 등이 있다.

십자군은 해적

우리는 크리스트교에 고대문화의 수확물을 빼앗기고 말았다. 그러고 나서 다시 이슬람문화의 수확물을 빼앗겼다. 로마나 그리스보다 독일과 혈연적으로 가까운 스페인의 찬란한 이슬람적 문화 세계가 크리스트교의 십자군 기사들에게 무참히 짓밟혔다.

왜 짓밟혔을까? 그 이유는 이슬람의 문화 세계가 고귀하고 남성적인 본능으로 이루어졌기 때문이다. 또한 이슬람교도의 생활이 유난

프리드리히 2세

히 세련되고 화려하며 인생을 긍정했기 때문이다.

십자군의 기사는 오히려 자신들이 머리를 숙여야 하는 상대와 싸웠다. 19세기의 독일 문화도 이슬람 문화와 비교해보면 매우 초라하고 뒤처져 있다. 물론 십자군의 목표는 전리품이었다. 동방국은 부유했기 때문이다.

솔직히 말하면 십자군이란 고급한 해적에 지나지 않는다. 해적에 불과한 독일의 귀족이 그 본성을 발휘했을 뿐이다. 교회는 어떻게 하면 독일 귀족을 편리하게 이용할 수 있는지를 아주 잘 알고 있었다. 독일의 귀족은 늘 한결같이 교회를 지키고 교회의 무질서한 본능에 봉사해왔다. 교회는 독일의 검과 용기 그리고 유혈의 힘을 빌려 모든 고귀한 것들을 공격하고 조작했다.

정말 가슴 아픈 일이다.

사실 독일 귀족은 고급 문화의 역사에는 거의 모습을 드러내지 않았다. 이유는 간단하다. '크리스트교와 알코올' 이 두 가지가 부패의 커다란 원인이다.

아랍인과 유대인을 앞에 두고 비교할 때와 마찬가지로 이슬람교와 크리스트교를 목전에 두고 선택하라면 망설일 여지가 없다. 이미 결정된 일이다. 이제 와서 그 누구에게도 자유를 선택할 기회는 주어지지 않는다. 요컨대 그 사람이 하층민인가 아닌가 하는 문제와 같은 것이다.

위대한 자유정신을 가진 독일의 황제 프리드리히 2세는 "로마와는 혈전, 이슬람교와는 평화와 우정"이라는 정책을 세우고 실행에 옮겼다.

독일인이 제대로 판단할 수 있는 감각을 갖추기 위해서는 상당한 재능과 자유정신이 요구되지 않을까?

십자군

11세기 말부터 13세기까지 7회에 걸쳐 이루어진 크리스천의 원정. 로마의 교황 우르바누스 2세가 지시했다. 성지인 예루살렘에서 이슬람교도를 추방한다는 목적은 결국 달성하지 못했지만 교황권의 확대와 동방 무역의 이권 확보, 이슬람 문화를 수탈하는 등의 활동으로 부를 축적했다

프리드리히 2세(1712~1786)

프로이센의 왕. 프리드리히 대왕이라고도 불린다. 저서 《반反 마키아벨리론》에서 자신을 '국가 제1의 머슴'이라 칭하고 이상적인 군주의 모습을 서술했다. 행정 개혁, 군비 확장, 교육의 충실 등을 추진했고, 오스트리아 계승 전쟁과 폴란드의 분열 등에 참가하여 영토를 확대했으며, 프로이센을 유럽의 강대국으로 성장시켰다.

르네상스는 반反 크리스트교 운동

여기서는 독일인에게 수치스러운 기억을 건드릴 필요가 있다. 독일인은 최후의 위대한 문화의 수확물이었던 르네상스를 유럽으로부터 빼앗았다.

이 부분을 마지막으로 이해시키고 싶다.

르네상스란 크리스트교의 모든 가치를 전환시킬 수밖에 없는 상징물이었다. 크리스트교의 반대 가치, 즉 고귀한 가치가 승리를 얻을 수 있도록 최고의 지성이 모여 획책한 시도, 바로 이 위대한 투쟁이 르네상스이기 때문이다. 르네상스는 일찍이 한 번도 없었던 일로 그 당시 사회에 센세이션을 일으켰다.

그리고 나의 물음 역시 르네상스의 물음이다. 왜냐하면 르네상스만큼 단도직입적으로 크리스트교의 중심부에 파고들어간 공격은 지금까지 없었기 때문이다. 공격 방법은 크리스트교의 결정적인 지점과 본거지를 공격하는 것 그리고 고귀한 가치를 왕위에 올리는 것이었다.

르네상스는 멋진 매력과 가능성이 확대되는 사업이었다. 그 가능성은 아름답게 빛나고 있었다. 거기서는 하나의 예술이 시작되었는데 그것은 악마로 착각할 정도로 숭고했다. 몇 천 년을 찾아 헤매도 두 번째 가능성은 발견되지 않을 거라고 느낄 정도였다.

나는 연극 한 편을 떠올려본다. 그것은 매우 의미심장하면서도 경이로운 모순을 담고 있다. 올림 포스의 신들도 아마 이것을 보면 틀림없이 폭소를 터뜨릴 것이다. 이 연극에는 이탈리아의 군주 체사레 보르자가 교황으로 등장한다.

라이프니츠

내가 말하고자 하는 의미를 이해할 수 있는가?

만약 이런 일이 실제로 일어났다면 오늘날 내가 이토록 소망하는 바가 승리하여 크리스트교가 제거되었을 것이다.

그런데 독일의 수도사 루터가 로마에 찾아왔다. 복수심으로 가득 찬 이 수도사가 로마에서 르네상스에 대항하여 들고 일어났다.

당시의 로마에서는 크리스트교라는 병은 극복된 상태였다. 이런 일이 실제로 일어났다면 루터는 이 거대한 사건에 감사했어야 하지만 그는 크리스트교를 자신에게 유리한 방향으로 이용할 생각밖에 없었다. 종교적인 인간이란 참으로 이기적이다.

루터는 교황이 타락했다고 생각했다. 그러나 사실은 그 반대였다. 당시 교황의 자리에 크리스트교는 없었다. 거기에 앉아 있던 것은 크리스트교가 아니라 '삶'이었고 삶에 대한 개가였으며, 높고 아름다우며 모든 것에 대해 대담했고 긍정이었다.

하지만 루터는 교회를 부활시키고 말았다. 그가 교회를 '타락했다'고 하며 공격했기 때문이다. 그 탓에 르네상스는 허망하게 끝나고 말았다. 이런 어리석은 독일인 때문에 지금 우리가 이렇게 큰 피해를 입고 있는 것이다.

사실 독일인은 뭐 하나 제대로 할 줄 모른다.

종교개혁, 라이프니츠나 칸트와 같은 독일 철학자, 갖가지 '해방' 전쟁, 독일 제국 등 이것들은 하나같이 기존의 것들을 두 번 다시 회복할 수 없게 만들었다.

이런 독일인이 나의 적이다.

나는 그들의 사고나 가치관의 불결함, 성실한 판단에 대한 비겁함을 경멸한다. 거의 천 년 동안 그들이 만진 것은 모두 구겨지고 엉켜 혼란에 빠졌다. 그들은 크리스트교라는 병으로 썩어 있다. 유럽에 병을 퍼뜨린 책임은 독일에 있다. 이 세상에 존재하는 것 중에서 가장 불결하고 불치병에 걸린 크리스트교에, 즉 프로테스탄티즘에도 독일은 책임이 있다. 지금 당장 크리스트교를 끝장내지 못한다면 그 책임은 독일인 자신이 져야 할 것이다.

체사레 보르자[1475(?)~1507]

이탈리아의 군주. 르네상스 시대의 이탈리아에서 권력을 가진 스페인계의 명문 귀족 가문에서 태어난 그는 권모술수에 능하여 지배 영역을 확대했다. 정치를 크리스트교적인 윤리관에서 해방시킨 이탈리아의 정치이론가 마키아벨리는 그의 저서 《군주론》에서 보르자를 이탈리아를 혼란에서 구한 이상적인 군주로 묘사하고 있다.

종교개혁

16세기 유럽에서 발생한 크리스트교의 혁신 운동. 루터가 면죄부의 판매와 가톨릭 교회의 부패를 공격함으로써 전 유럽에 확산되었고 수많은 분쟁을 불러일으켰다. 봉기한 자는 주로 무식한 농민이었으며 훗날 농민 봉기와 프로테스탄트의 발생으로 이어진다.

라이프니츠(1646~1716)

독일의 철학자로 17세기 모든 학문의 체계화를 도모했다. 세계 전체를 단자(모나드)의 집합으로 보는 단자론을 제창했고 수학 분야에서는 미적분법을 발견했는데, 이는 뉴턴의 것과 별개로 진행되었다. 또 가톨릭과 프로테스탄트의 교회를 합치려는 시도에도 참가했다. 저서 《변신론》에서는 신의 존재를 옹호했다.

프로테스탄티즘

16세기의 종교개혁에 의해 발생한 크리스트교의 분파인 프로테스탄트 사상의 총칭. 프로테스탄트는 현재 가톨릭, 그리스 정교와 더불어 3대 종파를 이루고 있다. 중심 교의는 '인간은 믿음으로 구원받는다'고 하는 신앙의인론信仰義認論과 성경을 신앙의 유일한 근거로 삼는 성경주의이다.

맺음말

피고 크리스트교에 대한 최종 판결문

이것으로 나는 결론에 이르렀으며 이제 판결을 내린다.

피고 크리스트교는 유죄이다.

나는 지금까지 고소인들이 입에 담았던 그 어떤 말보다도 더 혹독한 말로 크리스트교를 고발한다. 그 어떤 부패도 크리스트교만큼은 썩어 있지 않기 때문이다. 크리스트교는 주변의 모든 것을 썩게 한다. 모든 가치에서 무가치를, 모든 진리에서 거짓을, 모든 정직함에서 비겁한 마음을 만들어낸다. 그래도 아직 크리스트 교회의 '인도주의적' 인 축복에 대해 이야기하고 싶다면 마음대로 하라.

크리스트 교회는 사람들의 약점을 이용하여 살아왔다. 그뿐 아니라 자신들의 조직을 영구화하기 위하여 불행을 만들어왔다. 이를테면 '죄악감'이 그것이다. '죄악감'을 만듦으로써 비로소 교회가 인간을 '풍요롭게' 할 수 있었다. '신 앞에서의 평등'이라는 말은 비천한 인간의 고통을 속이기 위한 구실이다.

혁명, 현대적 이념, 사회 질서를 파괴하는 주문.

이러한 것들이 크리스트교의 다이너마이트였다.

흔히 '인도주의적' 축복이란 말을 자주 사용한다. 인간 속의 모순, 불결함, 거짓, 모든 본능에 대한 경멸을 만드는 것이 크리스트교 세계에서는 '축복'이 되기 때문이다.

크리스트교라는 기생충은 그 '신성'한 이성을 가지고 모든 피와 모든 사랑 그리고 삶에 대한 모든 희망을 빨아먹었다. 그들은 눈앞에 있는 현실을 부정하기 위해 '저세상'을 만들어냈다. 그리고 십자가는 일찍이 존재했던 것 중에서 가장 지하적인 반란의 상징이다. 이 정도로 규모가 큰 반란이 역사에 한 번이라도 있었을까? 건강, 아름다움, 좋음, 용기, 정신, 훌륭한 영혼 그리고 삶 자체에 반란을 일으켰다. 십자가에 매달아서.

나는 크리스트교에 대한 이 영원한 고소문을 가는 곳마다 장소를 불문하고 걸어놓을 작정이다.

크리스트교는 저주다.

크리스트교는 퇴폐다.

해롭고 음험하며 지하적이고 거대한 복수의 본능이다.

크리스트교는 지워지지 않는 인류 최대의 오점이다.

니체와 어머니 프란체스카

그런데 달력은 왜 이런 비참한 일들이 시작된 불길한 날, 즉 크리스트교의 탄생일을 기점으로 삼고 있단 말인가. 왜 크리스트교의 최후의 날을 기점으로 삼지 않는단 말인가.

즉, 오늘을 기점으로. 모든 가치를 전환하자!

제7장

니체의 사상과 철학

니체는 급진적인 휴머니스트였다.
그는 기독교도들이 신앙의 표상으로 삼는
세상의 구세주로서 십자가에 못 박힌
그리스도를 부정한다. 그에겐 주체적인
인간으로서 디오니소스의 쾌락과 예술혼
추구가 더 중요할 뿐이다.

(1)

시대의 초인이 도달하고자 했던
완전한 인간의 아름다운 흔적

20세기 시작과 함께 대두된 급격한 이념의 투쟁에서 지독히 위험하고 대단히 급진적인 근대의 마지막 철학자의 모든 것을 단순히 몇 자로 정의할 수는 없다. 니체라는 근대를 상징하는 광인狂人이 갖는 의미는 철학사뿐만 아니라 문학, 예술, 역사에서 과연 어디까지 설명이 가능할지를 망설이게 하는 도도한 그만의 경지가 존재하기 때문이다.

그럼에도 불구하고 우리는 니체가 지닌, 니체에 의한, 니체로 대변되는 20세기를 의미 있게 짚어볼 필요가 있다. 그건 바로 우리가 니체의 기본 사상만을 섭렵해 그의 그림자만을 접하게 되더라도 우리는 그 자체로 시대의 초인이 다다르고자 했던 '완전한 인간'의 아름다운 흔적에 도달할 수 있기 때문이다. 니체의 핵심은 여지없이

'어떻게 살아야 할지'와 '무엇을 궁구해야 할지'에 대한 스스로의 물음에 답하는 것이다. 물론 지금으로서는 니체가 정열을 쏟았던 강렬한 희구가 과연 어디까지였는지를 총체적으로 되짚어본다는 건 불가능하다. 그래도 우리는 니체를 직접 읽어야 한다. 그래서 그의 상처 입은 반항적인 심장이 살아남은 자들에게 무엇을 말하고자 함인지를 지푸라기라도 깨닫게 된다면 그것으로 우리는 니체를 읽은 보람을 간직할 수 있을 것이다. 그의 상처 입은 반항적인 심장이 어떻게 고통을 겪고 투쟁하였는가를 이해할 수 있을 것이다. 우리의 이런 깨달음에도 불구하고 아이러니하게도 니체는 독자로부터 어떠한 보상도 받지 못할 것이다. 니체는 평생을 장엄하고도 강박적인 설명으로 일관했기 때문에 그의 문체를 능가할 수 있는 철학자를 발견하기도 어렵다.

니체를 근대의 질곡 속에서 그토록 불안하게 만들었던 것은 무엇일까? 그는 근대라는 시간 속에서 시대의 소명과 절대적인 철학을 대변했던 시대의 아들이었으며 폭풍 전야의 근대를 온몸으로 증명했던 근대의 증인이었다. 그가 산 시대는 폭풍 전의 정적이 흐르는 시대였다. 그 고요한 근대의 침묵 속에서 그는 미래의 세기, 즉 우리가 살아내야 했던 현대를 예언하는 범상치 않은 예지자叡智者로서 너무 앞선 삶을 살았다. 이 놀랍도록 완벽한 근대의 예지자는 동시대에서 미래의 세기가 직면해야 할 선택의 순간들을 보았다. 우리가 니체를 외면할 수 없는 이유는, 그가 현대인이 미래의 세기에 직면

하게 될 선택을 미리 보고 선험적 지상과제를 제시했기 때문이다. 그리고 스스로 그의 선택을 용감하게, 급진적으로 그러면서도 논리적으로 만들었기 때문이다. 비록 그의 선택의 의미가 바로 그 자신에게는, 어떤 의미에서 파멸에 이르는 슬픈 운명의 길이었음에도. 인간의 향유와 예술의 힘을 믿었던 니체는 디오니소스를 숭배했고, 십자가에 못 박힌 예수 그리스도에게 대항했다. 그는 천국에 반항하는 대신, 이 지상을 택했다. 살아생전 그는 철저한 생을 택했는데, 그 이유는 한없이 심취적이고, 충만하고 창조적인 그리고 야만적이고, 원시적인 생이 바로 이 지상의 법칙을 만들었기 때문이다. 그러한 생을 니체는 희랍의 신 디오니소스로 상징화시켰다. 그리고 어떤 면에서 니체는 이것이 또한 반기독교적임을 실체화하고 있다.

니체의 생의 중심적이고도 종교적인 테마는 '안티크리스트' 였다. 우리는 나중에 그가 어떻게 이 입장을 취하게 되었는지, 그리고 이 입장이 그에게 어떤 결론과 문제를 가져다 주었는지 살펴보게 될 것이다. 니체는 급진적인 휴머니스트였다. 그는 휴머니즘에서 모든 허식을 제거했고, 기독교와의 어떠한 종합을 향한 모든 경향을 제거했다. 그는 기독교도들이 신앙의 표상으로 삼는 세상의 구세주로서 십자가에 못 박힌 그리스도를 부정한다. 그에겐 주체적인 인간으로서 디오니소스의 쾌락과 예술혼 추구가 더 중요할 뿐이다. 이러한 니체의 사상적 경도는 자연스럽게 그리스도의 추종과 디오니소스 추종 사이로 타협하려는 그 어떤 입장도 지지할 수 없을 뿐만 아니라 유일신으로서의 그리스도 추종은 사라져 버려야 할 악습이라고 선언했다. 니체는 그리스도와 디오니소스 사이의 타협이 이루어질 때 비로소 종말의 때가 시작된다고 말한다.

어쩌면 니체에게 있어서 '철학으로서의 휴머니즘'은 자기 자신을 논공할 수 없는 것으로 보는(이성, 혹은 과학적 방법의 자체 충분성의 도움으로) 단순한 철학보다는, 좀 더 다른 것, 보다 본질적인 것, 더 나은 것을 의미한다. 니체는 그러한 이성적 철학에 의해 스스로의 기반을 세우고 스스로를 강화시키는 인간의 자기 충족성과 절대성 그리고 주체성과 가치를 더욱 의미 있는 것으로 추존하고 함축한다. 니체는 분명히 휴머니즘을 깨달았다. 그리하여 이성은 절대적이고 자기 충족성을 지닌 것이 아니라고 주장한다. 또한 과학이 최고의 객관성을 가진 것이 아니라 인간의 목적에 의존한다는 것을 분명히 알게 되자, 그는 휴머니즘의 기반을 내던져 버리고, 자신이 휴머니즘의 본질이라는 생각으로 치달려갔다. 살아 있는 인간, 자기 충족성을 가진 인간, 자기 자신을 법칙화하는 인간, 자기 자신의 최고권을 가진 인간을 향하였다.

니체는, 오직 십자가에 못 박힘과 대속을 통해서만 구원될 수 있다고 하며 휴머니즘의 상실을 설교한 그리스도에 대항하여 자기 자신을 최고로 삼는 인간을 제시하였다.

그는 스스로를 구원할 수 있는 독립적이고 주체성을 가진 휴머니즘의 사상에 대해 적대적인 세력들과 전면적인 대결을 하기에 이르렀다. 때때로 그는 예수를 존경하기도 했지만, 그는 예수와 근본적으로 반대의 입장을 취했다. 어떤 면에서는 예수가 니체에게는 수수께끼 같은 인물이긴 했지만, 그는 죽는 날까지 예수와 양보하지 않고 싸웠다.

니체 철학의 사상적 의의

니체의 철학적 방법

니체의 책들은 누구나가 쉽게 읽을 수 있어도, 누구도 쉽사리 이해되지 않는 난해한 부분이 많다. 니체의 대표작으로 알려진 《짜라투스트라는 이렇게 말했다》에 드리운 무수한 상징의 숲들은 앞서간 위대한 철학자들—칸트, 헤겔, 쇼펜하우어 등—의 체계적이며 형식적인 체계와는 상당한 거리를 두고 있다. 한마디로 니체 사상을 깊이 흠양하기 위해서는 독자 나름의 고통스런 해독과 해석의 시간을 필요로 한다. 분명 그의 철학 저서들은 로크나 흄 같은 영국 경험론자들의 논리적인 글과는 무척 거리가 있는 낯선 글읽기가 아닐 수 없다. 대부분의 사상가들은 그들의 저술 속에서 독자를 친절하게 인도하여, 그들이 말하고자 하는 결론으로 이끌고 가기 때문에 독자들은 사상가들의 철학을 이해하는 데 그리 큰 수고를 필요로 하진 않는다. 세계적으로 대단히 방대한 사상의 거탑이라는 칸트의《순수이성비판》도 처음부터 차근차근 저자의 논지를 따라 읽다 보면 전체 저술의 윤곽을 붙잡을 수 있다. 하지만 니체의 책에는 대체로 문장 하나하나가 그 자체로 독립적인 생동감으로 살아 숨 쉬며 전체 맥락을 의미하는 문장들로 이루어져 있어 처음 니체의 책을 접하는 독자들은 당혹스러울 수밖에 없다.

니체가 지은 20권에 달하는 책과 노트에는 전체에 걸쳐 모순된 문장과 사변적인 말투로 넘쳐난다. 하지만 그의 저술 의도를 간파할 수만 있다면 생각보다는 단순하게 그의 사상에 접근할 수도 있다. 우리가 니체를 이해하기 힘든 것은 기존의 사상서들이 지닌 체계적이고 형식적인 문장 구조로 그의 글들이 구성되어 있지 않기 때문이다. 니체의 저술은 한마디로 전체를 의식하면서 하나하나의 문장이 전체로서 의미 매김 되고 있다.

그가 자신의 사상적 견해를 표출하기 위해 사용하는 수많은 경구들은 기존의 사상서들처럼 큰 틀 안에서 부분의 기능을 하는 것이 아니라 하나하나의 경구가 그 자체로 완전할 수 있도록 서술되어 있다. 그러므로 니체의 전체적인 서술은 다원적 우주를 형성하며, 그 속에서 각 경구는 소우주를 이루고 있다. 다른 사상가들과는 달리 그의 단순한 문장 한 구절 한 구절은 역사철학, 미학, 심리학, 윤리학과 기타 여러 문제에 서로 연관돼 서로가 상관성을 지니고 있다. 이런 까닭에 니체의 사상을 체계적으로 이해하기가 난망하다. 독자들이 저술 시대 순으로 그의 시대별 저작들, 예컨대 《힘의 의지》에서부터 《운명애》, 《영겁회귀》 같은 저작들을 일목요연하게 정리해 읽는다고 해서 니체의 사상적 준거가 정연하게 이해되지는 않는다.

니체의 철학을 제대로 이해하기 위해서는 무엇보다도 그의 사상 발전과정을 알아야 한다. 니체의 사상을 기록하는 그의 저작물들은 문학작품이 지니고 있는 전체로서의 우주관을 반영하는 저작물들이 많다. 즉, 도스토예프스키의 《카라마조프가의 형제들》처럼 작은 하나하나의 사건이 그 자체로 전체를 반영하는 소우주인 것이다.

니체는 일관되게 철학자는 모름지기 '체계를 생각하는 사람'이 되어서는 안 되고 '문제를 생각하는 사람'이 되어야만 한다고 생각했다. 이미 설정한 전제에서 출발하여 체계를 생각한다는 것은 참다운 것을 은폐할 뿐이므로 이미 설정된 문제를 다시 비판적으로 묻는 자세가 필요하다고 여겼다. 이러한 의미에서 그의 철학은 변증법적이라고 할 수 있다. 여기서의 변증법적이라는 의미는 감각을 전제로 하여 차츰 근본적인 것을 물어 근본적인 의식을 들추어 내는 의미로서의 변증법을 말한다. 이러한 니체의 변증법은 기성의 대립으로 간주되는 주관과 객관의 대립을 지양하므로, 후설의 현상학이나 실존주의와 같은 길을 가고 있다고 말할 수 있다.

니체가 저술한 책에는 영성적 성격을 띤 다양한 경구체로 가득하다. 이 경구적인 문체가 바로 니체가 세상을 향해 말하고자 하는 자신의 사상적 견해이다. 즉, 그는 자신이 도달하고자 하는 목적을 이루기 위해 기존의 철학서들이 쓰는 형식적인 개념과 일상인의 견해의 윤곽을 초월하는 흥미로운 시도를 이 경구적인 문체로 표현하고 있다. 니체식 표현방식인 이 '경구적인 문체'는 다른 말로 '퇴폐적인 문체'라고도 불린다. 니체는 이 퇴폐적인 문체를 통해 일종의 실험적 견해들을 성공적으로 표현하고 있다. 니체가 작품 속에서 다양하게 쓰고 있는 '실험'과 '탐구'라는 용어는 니체 철학을 이해하는 중요한 키워드가 아닐 수 없다. 니체가 사용하는 '탐구'라는 용어는 '시도'의 뜻과 함께 '실험'이라는 과학적 의미도 지닌다. 하나하나의 경구나 또는 일단의 경구들은 니체의 전 저술에 수없이 나오는 것으로서, 그것들은 단순히 그와 같은 표현에 불과한 것이 아니라 분명히 '사고의 실험'으로 고찰되어져야 할 것이다.

그리하여 그는 《즐거운 지식》에서 철학자란 모름지기 늘 새로운 실험을 기꺼이 하려고 해야 한다며 "자신의 이전 견해에 대하여 언제든지 용감하게 스스로를 천명하여야만 한다."고 단언한다. 결국 이러한 단언을 통해서 니체가 세상을 향해 하고자 했던 발언은 철학자는 새로운 실험에 의하여 그 자신의 이론을 과감하게 수정할 수 있어야 한다는 것이었다.

니체는 질서정연한 형식을 갖춘 체계로부터 자신의 사상을 연역

해내지 않고 자신이 고찰하고자 하는 하나하나의 문제를 '스스로 체험하면서' 자신의 실험주의 속에 불연속적으로 나타나는 스스로의 사상과 저술 속에 삶을 간직하고 있었다. 물론 《비극의 탄생》이라든가 《반시대적 고찰》과 같은 초기 작품들은 이러한 니체식 서술구조를 띠고 있지 않다.

하지만 《인간적인 너무나 인간적인》, 《여명》, 《즐거운 지식》과 같은 자신의 사상을 대표하는 작품들에서 그는 본격적인 경구체 문장을 사용하고 있다. 이를 통해서 그의 도저한 실험주의는 세상 속에서 화려하게 꽃을 피우고 있다.

니체는 독단적인 것을 최대한 피하려고 했으며 동시에 깊은 아량을 가지고 세상을 관찰하려고 하였다. 특히 《선과 악의 피안》은 그 경구가 매우 길어지면서 서로서로 유기적인 관계를 가지고 있다. 니체는 생애 중반을 넘어서면서 저술한 작품들에서 예의 '탐구'를 멈추지 않는다. 그건 바로 그 자신이 자신의 사상적 견해를 표출하는 데 기존의 철학서들이 갖고 있는 전통적인 표현양식으로는 만족할 수 없었기 때문이다. 니체는 근대의 예술가, 철학자, 문호들, 가령 바그너를 위시하여 인상파, 표현파, 초현실주의자, 조이스, 파운드, 엘리어트 등이 각각 일관성 있게 유지해온 그들만의 개성적인 표현방식을 따르지 않았다. 그러기에는 이 '시대를 앞서간 영성 철학자'가 보는 세계와 미래는 너무 다양하고 초월적이며 다른 세상의 무엇이었다. 이후 니체는 얼마간 자신이 고수하는 문체를 이어나갔지만 이도 얼마 안 가서 그에겐 적절하지 못한 문체로 치부되었다. 그래서 그는 이후에 다시금 새로운 표현방식을 모색한다. 그의 실험은 그가 자신의 삶을 '피'로 썼기 때문에 통일성을 가지며, 그러한 통일성은 바로 '실존적'인 것이다.

힘에의 의지

니체 사상의 절정은 '초인'과 '영겁회귀'에서 찾아 볼 수 있다. 이 두 용어가 가지고 있는 근본개념은 '힘에의 의지'이다. 니체의 전 생애를 통틀어 그가 견지하고자 했던 '힘에의 의지'라는 개념이 나올 수밖에 없었던 근본적인 문제는 무엇인가? 우리는 니체의 저술을 읽으면서 그의 주된 관심이 어디에 쏠려 있었던가를 묻지 않을 수 없다. 그가 가장 크게 관심을 가졌던 문제는 '가치'였다. 니체가 몰두했던 '가치'는 강단적이고 이론적인 가치 분야는 아니었다. 니체에게 이론적인 가치 탐구란 기껏해야 형식적으로 가치를 정의하거나 사실과 가치의 구분을 분석하는 데에만 치중하는 사소한 태도로밖에 여겨지지 않았기 때문이다. 니체가 관심을 가졌던 '가치'는 현대인이 빠져 있는 딜레마와 문명을 위협하고 있는 가치에 대한 것이었다.

그렇다면 니체가 생각했던 현대인의 딜레마는 무엇일까? 여러 가지 논의가 가능하겠지만 크게는 자신의 가치의 무용성, 자신의 목적의 무용성, 자기 쾌락의 무용성 등 3가지로 요약할 수 있다. 무엇보다도 니체는 현대인이 자신의 쾌락이 결코 행복을 가져다주지 못하리라는 사실에 심각한 문제제기를 하고 있다. 현대인이 지닌 존재론적인 문제에 대해서 니체는 다음과 같이 묻는다. 우리들의 가치를 위해서 이 세상에서 하나의 새로운 시인是認을 발견할 수 있는가? 인류의 삶에 목표를 부여하여 줄 새로운 목적지가 발견될 수 있는가? 행복이란 무엇인가? 이러한 존재론적인 물음에 대하여 니체가 체험한 해답이 우리가 말하고자 하는 바로 '힘에의 의지' 인 것이다.

니체가 말하는 힘이란 분명히 '세상을 살아가는 힘' 이다. 《바그너의 경우》에서 니체는 바그너의 힘을 세속적인 힘으로 해석했다. 그러면서 그러한 세속적인 힘이 예술적 창조성으로 변형되는 과정을 진지하게 탐구하고 있다. 여기에서 그는 '힘' 의 개념을 일상적 주제로부터 초역사적인 개념으로 고양시키는 어떤 것으로 보았다. 니체는 이러한 힘의 개념을 재도입하여 여러 가지 종류의 행위를 설명하였는데, 그러한 설명은 정신분석학의 테두리 안에서 가능한 것이었다.

또한 그는 《도덕의 계보학》에서 힘 있는 것과 힘 없는 것에 대해서 말하고 있다. 그에게 있어 윤리란 힘 있는 것에 의해 발전되기도 하나, 현대인들에게 윤리란 힘 없는 것과 억압당한 것, 다시 말해서 노예적인 것에 더 많은 영향을 받고 있다고 보았다. 따라서 여기에서와 같이 힘 있는 것과 힘 없는 것 사이의 구분은 인종적이거나 생리학적이라기보다 사회학적임을 알 수 있다. 그러므로 억압당한 것, 곧 힘 없는 것은 모든 사람을 불신으로 이끌며 어느 누구든지 싫어한다. 현대인들은 니체가 말하는 '힘에의 의지'로 온갖 심리적 현상을 환원할 수 있다. 필연적으로 인간은 싫거나 좋은 것 중 하나를 선택한다. 여기서 심리학적 일원론이 성립될 수 있으며, 모든 심리현상이 '힘에의 의지'로 환원될 수 있다는 이론이 형성될 수 있다.

초인의 영겁회귀

니체가 가장 관심을 갖고 있는 철학적 화두 중 하나는 개인이 어떻게 자신의 삶에 의미를 부여할 수 있는가 하는 것이었다. 평생에 걸쳐 니체가 궁구한 철학적 과제도 사실상 '자신의 참다운 자아'를 실현하는 것이었다. 여기서 우리 앞에는 '참다운 자아를 어떻게 아는가?'라는 물음이 제기된다. 니체는 이에 대해 '참다운 자아의 완성'은 이론과 체계에 의하여 주어지는 것이 아니고 삶의 체험에서 주어지는 것이라고 명쾌하게 대답한다. 그때, 개인의 참다운 자아는 개인 속에 깊숙이 스며 있는 것이 아니라 개인을 '넘어서서' 존재한다. 여기서 니체가 말하는 '초인'에는 엄밀한 질적인 차이가 있다. 즉, 영어에서 말하는 슈퍼맨과 니체의 초인 사이에는 질적인 차이가 있으며, 그 차이의 경계점은 바로 '넘어서서' 라는 뜻에서 생김을 알 수 있다. 니체의 초인은 무엇보다도 고대 그리스의 신이나 반신 또는 영웅을 상징하다고 볼 수 있다. 이러한 초인의 개념이 명확히 드러난 것은 그리스 관련 저술에서였다. 이 책들에서 니체는 초인의 개념과 아울러 '힘에의 의지' 및 '영겁회귀' 의 개념을 처음으로 등장시키고 있다. 니체는 다음의 구절에서 '초인' 을 이렇게 표현하고 있다.

"나는 그대들에게 초인을 가르친다. 사람이란 극복되어야 할 무엇이다. 그대들은 인간을 극복하기 위하여 무엇을 하였는가?"

니체에 따르면 '사람이란 극복되어야 할 어떤 것' 인데, 이 경우 자신을 극복한 사람은 초인이 되는 것이다. 그렇기 때문에 초인이라는 개념은 극복이라는 개념과 불가분의 관계에 있음을 알 수 있다.

"그러나 모든 기쁨은 영원을 바라고 있으니…… 깊고도 깊은 영원을 바란다."

니체는 또한 이렇게 말함으로서 자신이 뜻하는 초인의 길은 참다운 기쁨을 영원히 지녀야 한다고 보았다. 니체가 보기에 세계는 끊임없이 새로운 것을 생성하는 것이 아니다. 세계는 무한한 시간 속에서 전개되고 있다. 그러나 그와 같은 세계를 구성하는 요소들은 일정한 양量이기 때문에 그와 같은 일정한 요소들이 결합하여 이루어지는 생성이 무한할 수는 없다. 긴 세월에 걸쳐서 볼 때, 세계에는 동일한 과정이 반복되고 있다. 역사는 기독교에서 말하는 것처럼 종말이나 목적을 가지는 것이 아니다.

"존재의 모래시계는 되풀이하여 회전한다."

이 말은 바로 니체의 영겁회귀 사상을 잘 나타내고 있다. 그리하여 나쁜 것이거나 또는 저속한 것들도 모두 되풀이하여 일어난다. 그러한 것은 권태롭고 무의미하여 아무런 가치도 없는 것이지만, 초인은 그와 같은 반복을 참고 견디며 창조한다. 권태와 무의미로 가득 찬 삶을 초월하며 초인은 '하나의 위대한 긍정'을 내리니 이것이 바로 운명애인 것이다. 이러한 운명애는 다른 것이 아니라 바로 '힘에의 의지'에서 비롯되는 것이다.

3

니체의 사상적 영향

근대에서 현대의 미래를 본 이 위험한 철학자의 영향은 실로 다양한 분야에서 폭넓게 펼쳐졌다. 무엇보다도 그의 경구적 문체가 끼친 문학적인 영향은 물론이거니와 심오한 철학적 화두에 대한 깊고 넓은 해석도 현대 철학에 깊은 흔적을 남겼다. 우선 현대문학에 미친 그의 영향력은 릴케, 시테판 게오르그, 크리스찬 모르겐스턴, 고트프리드 벤 등의 시인과, 토마스 만, 헤르만 헤세, 앙드레 지드, 앙드레 말로 등의 소설가에까지 실로 대단한 영향력으로 퍼져 갔다. 19세기 후반부터 20세기에 이르기까지 예술의 모든 장르에서 활동한 작가 중에 니체의 영향을 받지 않은 자를 찾기가 힘들다고 하겠다.

또한 20세기 전반을 지배한 철학사조, 즉 삶의 영향도 이루 헤아릴 수 없을 정도이다. 그에게서 직접적인 영향을 받은 철학자들 이

외에도 알베르 까뮈, 사르트르, 막스 쉘러, 시펭글러, 폴 틸리히 등
은 니체의 특별한 혜택을 받아 그들의 저술들을 남겼다고 하겠다.

20세기의 위대한 영성철학자, 니체의 저술은 그 스스로의 삶이었
으며, 그의 호소는 어느 특정인을 위한 것이 아니라 인간 자신을 위
한 것이었으며, 현대에 있어서 어떤 면에서는 '운명의 신'의 위치를
차지하고 있다고 볼 수 있다.

4

허무주의의 예언자

니체는 근대에서 현대의 미래를 봤다. 니체는 현대인들이 '진보'라고 부르는 다양한 가치들 — 성공, 평화, 관용, 평등, 협동, 우애, 민주주의, 사회주의, 기계 공학 등 — 을 몰락의 표시, 생동력 소멸의 표시로 간주했다. 니체에게 있어서 근대는 거짓되고 부패하고 미온적인 생의 모습이었다. 그리고 그 종속적인 생의 원인은 기독교적 이상에 있다고 생각했다. 니체에게 '기독교'는 인간들이 그리스도로부터 떨어져 나와 인간을 신성시한 것이다.

니체는 '진보의 이상'은 결국 두려워할 것이 더 이상 없다는 것을 의미한다고 보았다. 기계 공학이 이상을 실현해 줄 것이라고 보았다. 그러나 실제로 인간을 위대하게 만들고 인간의 문화를 산출한 것은 바로 공포심이다. 사업과 산업의 모든 영역은 좁아지고 얕아졌다. 기계의 번영은 인간을 무기력하게 만들었다. 현대인은 자신을 도와주는 것과 자신에게 해악을 주는 것을 더 이상 구별하지 못하게 되었다. 오직 시간의 구분, 공동생활의 선택, 일, 휴식, 명령과 복종, 먹는 것과 자는 것, 사고하는 것들을 구분지어 생각한다.

"우리 현대인들은, 너무도 친절하고 감상적이며, 수많은 예절을 주고받으므로 우리가 나타내는 이 우호적인 인간성과 관용에 대한 만장일치, 기꺼이 돕는 상호 의존 — 이것이 진보의 표시이며, 이 모든 것에 의해 우리는 르네상스 시대의 인간보다 훨씬 우월하다고 말한다!"

니체는 루소가 외쳤던 평등을 높이 평가했다. 그리고 인간은 평등을 가져다 줄 수 있는 동료애를 향해 고상한 청원을 한다고 봤다. 그러나 니체가 심각하게 생각하는 건 앞서의 미덕과 함께 사라져 버린 '인간 자신에 대한 사랑'이었다.

"우리는 이 오염된 자유, 나약한 타협, 근대적인 흑백 논리의 전체적인 불결함, 모든 것을 이해하기 때문에 모든 것을 용서하는 관용을 엄벌해야 한다."

니체는 이 모든 것이 회의와 무모함에 의해 지배된, 근대인의 의지의 나약함에서 비롯된 결과로 보았다. 인간은 더 이상 결단의 독립성, 의지력의 용기 있는 기쁨을 누리지 못한다. 이른바 자랑스럽게 우리 문명의 진열장에 전시되어 있는 대부분의 것들은 — 객관성, 명확하고 전제 없는 지식, 학문, 예술을 위한 예술 — 정말로 세련된 회의주의의 노출이며 의지의 마비이다.

니체는 객관적 사실, 있는 그대로의 사실이란 없으며, 단지 해석된 사실이 있을 뿐이라고 자각했다. 이처럼 당대의 시대정신에 대항하는 비판에서 종종 그의 뛰어난 강건한 문체가 나온다. 그는 이 문체를 통해 자신의 입장에 대해 밝혔고, 그 입장으로부터 사실을 말하고 사실의 근원을 설명한다.

동시대 사람들이 '현대적 상황'이라고 말하는 사실의 근원에 관하여, 니체는 우리가 일종의 일반적 진리, 도덕성, 그것과 결부한 자유의지에 대한 신념을 통해 우리 자신을 파국으로 몰아붙이고 있다고 생각한다. 인간은 원래 자유 의지의 관념을 알았고, 그리하여 선한 행동과 선한 인간, 악한 행동과 악한 인간을 구별할 수 있었다. 인간은 도덕의 체계에 의해 선과 악을 심판했다. 그러나 니체에게 이르면 우리가 당연시하고 있는 '도덕'은 그 진위 여부를 의심받는다. 니체에게 있어서 도덕이란 단지 필요한 허위일 뿐이다. 인간에게 있는 동물성은 구속되기를 좋아한다. 그렇다면 니체에게 있어서 도덕은 어디에서 기원하는 것인가? 니체는 도덕성 그리고 주어진 사회를 통틀어 승인된 진리 체계의 설정은 지배자에 대항하려는 대중들의 방어적 필요성으로부터 발생한다고 봤다. 이처럼 유용성으로 의미 매김 되는 도덕에 대해서 니체는 이른바 이웃 사랑과는 아무 관련이 없다고 봤다. 유용성으로의 도덕이 발현되는 동기는 사랑이 아니라, 공포와 희망이라는 것이다. 도덕은 단지 지배자에게 대항해 투쟁하는 무리들의 방어 본능에 지나지 않는다. 즉, 소수에 대항하는 다수의 본능일 뿐이다. 이러한 일단의 생각을 니체는 책에서 이 한 줄로 결론내린다.

"오늘날의 유럽의 도덕은 대중의 도덕이다."

니체가 보기에 대중의 도덕과 지배자의 도덕은 완전히 다른 것이다. 한마디로 지배자의 특권은 자신에게 이로운 가치들을 창조하는 것이다. 노예의 도덕은 지배자가 종에게 공포를 불러일으키게끔 하기 위한 도덕이다. 그러나 지배자의 도덕에 의하면, 공포를 불러일으키는 지배자는 선하며, 따라서 인정 많은 지배자는 비난받아야 한다. 따라서 도덕이 어떤 형태를 취하는가 하는 것은 지배자와 무리들 간의, 강자와 약자 사이의 투쟁의 요구에 달려 있다. 거기에는 일반적으로 평가할 수 있는 잣대도 없고, 어떤 것이 선한 것인가 혹은 악한가를 결정할 수 있는 자유 의지도 없다. 단지 강한 의지와 약한 의지가 있을 뿐이다. 인간들이 도덕이라 부르는 것은 그 둘 중에서 어디에 적응하느냐 하는 것일 뿐이다. 니체에게 있어서 다윈이 주장하는 언제나 최강자만이 승리한다는 생각은 잘못된 생각이다. 왜냐하면 현재의 양들이 매를 지배하고 있기 때문이다. 이 경우에 친절한 무리의 덕성, 산업 사회, 근대화의 연민이 통상적인 기준 장치가 되었다. 지배자에게 복종하도록 대중들을 전염시킨 잘못은 종교 지도자들과 제사장에게 있다. 그들은 인간의 동물성을 길들여 왔다. 그들이 대중들을 종속적인 행동으로 달리게 한 것은 지배자에 대한 증오, 열등감과 무력감에 의해 유발된 증오이다. 그러므로 그들은 무리들과 공통의 종교를 발전시킴으로써 연합하였고, 그리하여 노예들의 반란을 지휘하였다.

그들의 방법은 매우 교묘하였다. 그들은 고통을 고상한 것이라고 말하였고 — 그럼으로써 고통을 겪는 민중들을 토대로 삼았다. 그들 제사장들은 구원과 영생을 외쳤고, 그렇게 함으로써 대중들에게 희망을 불어넣었다. 그들의 힘을 증대시키는 것은 무엇이든지 하느님의 뜻이라고 불렀다. 그리고 중요하게 보이는 것은 무엇이든지 신국神國의 이름을 붙였다.

기독교는 교묘한 허구로 구성되어 있다. 신, 영혼, 자유 의지, 적, 심판, 은혜, 회개, 유혹, 신국, 영생 — 이 모든 것은 완전히 가공적인 것이다. 실제로 우리의 생의 결과를 결정하는 것은 무엇인가? 그것은 두뇌 속에 있는 한두 방울의 피인 것이다. 그러나 기독교는 죄와 사탄에게서 지배적인 원인을 찾으려 한다.

니체는 《도덕의 원천》에서 기독교의 이상이 제작되는 지하공장을 매우 냉혹한 증오를 담아 충격적으로 표현했다. 니체는 이 공장에서 인간의 나약함이 어떻게 장점으로 변화되는지, 연약함은 또 어떻게 신으로 왜곡되는지, 공포에 찬 비굴은 인간의 미덕인 겸손으로 어떻게 포장되는지, 증오하는 자에게 복종하는 행위가 어떻게 순종으로 바뀌는지를 특유의 선험적 문장으로 표현해낸다. 그러면서 인간의 나약함과 신에의 굴종 과정이 다 신의 뜻으로 왜곡되는 현상이라고 강조한다. 그러면서 인간이 복수하지 못하게 되는 것은 복수하기를 원하지 않는 것으로 불리도록 지배자가 왜곡의 과정을 거치기 때문이라고 했다.

니체는 이 공장에서 땀 흘리는 자들은 패배자들이라고 했다. 그러나 그들은 이 모든 행위를 '선택'이라 부른다. 왜냐하면 인간은 자기가 가장 사랑하는 개를 벌하지 않는 법이며, 그 외에도 이 패배적인 실존은 더 크게 보상받게 될 영원한 축복을 위한 시련이며 예비이기 때문이다. 그들은 서로 속삭이기를, 그들은 이 지상의 지배자들보다 더 훌륭할 뿐 아니라 ― 그들은 지배자의 발을 핥아야 한다(공포 때문이 아니라, 하느님이 권위자들에게 순종하라고 명령했기 때문이다) ― 또한 그들은 더 많은 것을 소유하고 있고, 어떠한 경우에도 더 많은 것을 얻을 것이라고 한다. 이러한 마술의 걸작품, 공포에 찬 세포 동물들의 가장 세련된 술책은 바로 그들 스스로 의롭다 하며, 불의를 미워한다고 하고, 그들과 그들의 형제들이 보살핌 대신 정의를 기원하며 미움보다는 사랑으로 충만하다고 말하는 것이다! 그들의 모든 고통의 위안은 최후의 심판이며, 그들은 말하기를, 그때까지 믿음, 소망, 사랑으로 살아갈 것이라고 한다!

5

신은 죽었다

니체가 생각하기에 기독교의 가장 위험한 가공품은 연민이다. 니체는 이 최대의 악에는 단지 '의지의 나약함'이 있을 뿐이라고 보았다. 그 결과 해로운 감상주의로 인해 의지의 소멸만이 남는다고 보았다.

우리는 니체의 이 냉소적이고 급진적인 기독교에 대한 증오에 찬 주장을 제대로 이해해야 한다. 기독교에 대한 냉정한 평가와 공격을 무시해서도 안 된다. 적어도 인류의 역사에서 신이 살아 있지 않는 한, 니체의 기독교에 관한 언급은 모든 것이 옳기 때문이며, 십자가에 매달렸던 인간이 신의 아들이 아닌 한 니체의 말이 옳기 때문이다. 니체는 모든 애매성과 적당한 타협, 모든 증거와 주장들을 배제했다. 우리는 바로 니체의 이런 객관성과 직관성을 높이 사야 한다.

이런 니체의 사상 피력은 적어도 인간의 주관으로는 올바른 것이다. 니체 자신은 기독교에 대한 비판이 그렇게 중요하다고 느끼지는 않았다. 그는 기독교가 그 수준에서 이미 여러 번 결말이 내려졌다고 믿었다.

니체는 기독교가 해 온 그렇게 쉬운 정복은 무가치하다고 생각했다. 그런 정복은 회의주의와 부정, 상대주의에서 나온 행위이기 때문이다. 니체에게 의미 있는 '정복'은 오직 기독교의 비판자 자신이 급진적인 입장을 취할 때만 가능하다고 봤다. 그러면 기독교는 단순히 취미의 문제만 남게 된다고 봤다. 그리고 그때에야 비로소 증오로부터 또는 반 기독주의자의 정신으로부터 탄생된 기독교와의 싸움이 시작된다.

철학에 의한 기독교 비판은 다른 이유들 때문에 실패했다. 데카르트 이후로, 철학은 인식론에 있어서 반 기독교적이 되었다. 그러나 반 종교적은 아니었다. 그러므로 철학은 문명의 몰락을 돕는데 기여했다. 그리고 이러한 과정은 계속되고 있다. 19세기는 야수적이고, 현실적이고, 평민적이기보다는 정직한, 그러나 사악하고 비탄에 잠긴, 운명론적인 갈망의 세기였다. 이 시기에 인간은 더 이상 영혼의 불멸 또는 은혜, 죄, 구원, 혹은 다른 어떠한 기독교의 사상을 믿지 않게 되었다. 유럽의 이상들은 죽은 피부처럼 떨어져 나갔다. 그때부터 니체는 발언한다.

"종교적으로 속박된 세계는 없어져야 한다. 이제 크리스천은 현대

문명의 시점에 있어서 추한 일이다. 그리고 여기에서 나의 혐오가 시작된다."

무엇에 대한 혐오인가? 니체는 말하기를 유럽의 문명에서 기독교는 하나의 환상으로서 그 허울이 벗겨지고 노출되었다. 그러므로 이러한 노출이 일어나지 않기를 원하는 자들에게 니체는 염증을 느낀다. 제사장들과 교황들은 더 이상 실수를 범하지 않고 이제 고의적인 거짓말을 한다고 봤다.

신은 죽었고, 바로 지금 죽었다고 야스퍼스는 올바르게 니체를 논평하였다. 니체는 여기서 신이 존재하지 않는다든지, 또는 그가 신을 믿지 않는다는 것을 말하는 것이 아니라 그는 단지 서양 문명의 하나의 사실을 진술하고 있을 뿐이다. 짜라투스트라가 고독을 떠나 인간 세계로 걸어 들어올 때, 그는 노래하며 신을 찬양하는 한 노인을 만난다. 짜라투스트라는 노인을 떠나며, 비웃으면서 말한다.

"얼마나 한탄스러운 일인가? 그 노인은······. 아직 소식을 듣지 못하였도다, 신은 죽었다는 것을."

제8장

안티크리스트 사상이 두드러진 니체의 잠언

모든 것의 가치의 근원은 사람이다.
사람이 자아를 유지하기 위해서
그것들의 가치를 여러 사물에
부여한 것이다.

신은 사람의 실책이다

1. 왜 사람만이 웃는가를 나는 잘 알고 있다. 사람만이 웃음을 고
안하지 않을 수 없을 만큼 깊이 괴로워했기 때문이다. 불행한,
그리고 가장 우울한 동물은 가장 쾌활한 동물이기도 하다. 사
람이 존재하기 시작한 후 지금까지 사람에게는 즐거울 수 있는
일이 너무나 적었다. 그것만이, 나의 형제들이여, 우리의 원죄
이다.

3. 사람은 신의 실책이다. 그렇지 않으면 신이 사람의 실책이다.

5. 그대들은 사람이 겸허하고 부지런하고 호의적이며, 자제력이 강한 자로 변하기를 바라는가? 즉 선인이 되기를? 나는 이러한 사람이야말로 이상적인 노예이며, 미래의 노예에 지나지 않는다고 생각하고 있다.

8. 우리들은 자유롭게 꿈꿀 수 있을 뿐 절대로 육체의 속박에서 벗어날 수가 없다. 마치 지옥에 갇혀 있는 죄인과 같다는 것이다. 탄생 그 자체가 이미 죄인 것이다. 우리들의 잘못은 '나에게 책임이 있다' 라는 명제 가운데 있으며 반대로 '나에게는 책임이 없으며, 누군가 다른 사람에게 책임이 있다' 는 명제 가운데도 있다. 이것은 진실이 아니다. 철학자는 그리스도처럼 '비판을 받지 않으려거든 비판하지 마라' 고 이야기해야 할 것이다.

9. 밝은 그림자 ─ 완전히 음울한 사람 곁에는 반드시 그에게 예속되어 있는 밝은 영혼이 있게 마련이다. 세계를 개선하기 위하여 ─ 만약 불평가나 우울증 환자, 편협하고 비굴한 자의 번식을 방지할 수만 있다면 그것만으로도 지상을 행복의 낙원으로 만들 수 있을 것이다.

10. 사람이 빛을 향하여 모여드는 것은 더 잘 보기 위해서가 아니라 더욱 잘 빛나기 위해서이다.

12. 아무것도 아름답지 않다. 사람만이 가장 아름답다. 모든 미학은 이것에 기초를 두고 있다. 이 소박성이 미학의 제1의 진리다. 나는 여기서 제2의 진리를 부가하고 있다. 다음과 같이 아무것도 추하지 않다. 사람만이 가장 추하다. 즉 퇴화된 사람 이외에는 아무것도 추하지 않다.

13. 평범한 사람은 자기가 단 하나의 목적을 위해 살고 있다고 말하고 싶어 한다. 이것이야말로 그 자신과 또한 그가 추구하려는 목적에 대한 그의 무지를 발견할 수 있는 가장 정확한 표현이다. 대체 그가 그걸 위해 산다는 그 장대한 목적이란 무엇인가? 그대가 지닌 가치관의 타당성을 시험하려면 나의 훌륭한 시민이여, 어느 든든한 나무 아래서라도 서서 그대 스스로에게 이 사실들을 되풀이해 보라. 그리하여 혹시 그 나무의 조용한 가지들이 그대와 그대의 목적을 영원한 비웃음거리로 조롱하지 않는가를 살펴보라.

15. 모든 것의 가치의 근원은 사람이다. 사람이 자아를 유지하기 위해서 그것들의 가치를 여러 사물에 부여한 것이다. 사람이 근원이고 그것이 모든 사물의 뜻, 즉 인간적인 뜻을 만들어 부여한 것이다.

17. 육체를 믿는 것은 영혼을 믿는 것보다 한층 더 기본적이다. 영혼을 믿는 것은 고찰하는 습성에서 발생한 것이다. 육체를 무시하는 것은 꿈속의 진리를 믿는 것처럼 어리석다.

19. 육체는 하나의 위대한 이성이다. 뜻을 가진 하나의 복수이며, 하나의 전쟁이며, 평화이며, 한 떼의 양이며, 한 사람의 목자이다. 형제들아, 너희들은 너희들의 보잘 것 없는 이성을 '정신'이라 부르지만, 이는 실로 그대 육체의 도구에 불과하다. 또한 이성의 장난감에 불과하다. 육체는 지혜로 자신을 깨끗이 씻는다. 지식으로 스스로를 끌어 올린다. 인식하는 사람에게 일체의 충동은 신선한 것이다. 끌어올려진 영혼을 가진 사람은 쾌활하다.

20. 너무나 아름답고 인간적인 것 — '인간처럼 죽고야 마는 존재에게 자연은 너무나 아름답다'고 느껴질 때가 있다. 그러나 나는 여기에 이렇게 덧붙이지 않을 수가 없다. '사람' 역시 관찰하는 자에게는 너무나 아름답다! 도덕적인 사람뿐만 아니라 다른 모든 사람이 그렇다. 모든 가치는 이미 창조되어 있다. 그리하여 모든 창조된 가치, 그것은 바로 나이다. 진실로, "나는 하고자 하노라."는 말이란 "이게 있어서는 안 될 말이로다!" 이렇게 융은 말하였다. 나의 형제들이여, 왜 정신에게 사

지가 필요한가? 왜 모든 것을 단념하고 경건한 부담을 견딜 수 있는 동물에 만족하지 않으려는가?

새로운 가치를 창조한다. — 그것은 사자獅子일지라도 아직 이루지 못하였다. 그러나 새로운 창조를 위한 자유를 창조하는? 그것은 사자獅子의 힘으로써 곧잘 할 수 있는 것이다. 스스로 자유를 창조하고, 의무에 대해서까지도 신성한 부정을 말하기 위해서는 사자獅子가 필요한 것이.

24. 일찍이 정신은 신이었다. 이윽고 그것은 사람이 되었다. 지금 그것은 천민으로까지 떨어져가고 있다.

25. 정신의 자유를 얻은 자도 역시 자아를 정화시키지 않으면 안 된다. 그의 내부에는 더 많은 감옥과 부패물이 남아 있다. 그의 눈은 한층 깨끗해지지 않으면 안 된다.

신에게 창조할 그 무엇이 아직도 남았는가?

8. 신은 하나의 억측이다. 그러나 나는 바란다. 그대들의 억측이 그대들이 창조하는 의지를 뛰어넘어 앞서 달리는 일이 없도록. 그대들은 하나의 신을 '창조' 할 수 있다고 생각하는가? 모든

신에 대해서는 입을 다물도록 하라.

신과 신들에게서 떨어지라고 나를 유인한 것은 창조적인 의지였다. 대체 강조할 무엇이 남아 있단 말인가. 만일 신들이 존재하고 있다면.

3. 하나의 정신이 얼마나 많은 진리를 견뎌내며 얼마나 많은 진리를 실천할 수 있는가. 이것이 나에게는 실로 진정한 가치의 표준이 되었다. 오류 — 이상을 믿는 것 — 란 맹목적인 것을 말하는 것이 아니라 비겁한 것을 말한다.

인식의 어떠한 성과나 진보도, 용기와 자기에 대한 준엄성과 결백성의 소신이다. 나는 이상을 부정하는 것은 결코 아니다. 단지 이상 앞에서 도전하는 것이다.

4. 내가 약속해야 하는 최후의 것이란 바로 사람을 '개혁하는' 일이다. 나는 결코 어떤 새로운 우상도 세우지 않으려다. 낡은 우상들이 진흙으로 된 다리로서 무엇을 걸머지고 있는가만 알면 그만이다.

우상(이것은 모든 이상에 대한 나의 용어다)을 전복시키는 것 — 이것은 오래 전부터 내가 해 온 일이다. 이상세계를 날조하는 것에 비해, 현실은 그 가치, 그 의의 및 진실성을 너무 빼앗겨 왔다. '진실세계'와 '허위세계' — 그것은 독일어로 말한다면 날조된 이상세계와 현실이다.

신에 대하여

1. 역사의 축도 — 지금까지 내가 들어 온 풍자의 글 가운데서 가
   장 진실한 것은 다음과 같은 것이다.
   "태초에 무의미가 있었노라. 그것은 신과 함께 있었노라. 무의미
   는 바로 신이었노라."

2. 하느님은 색채를 제외하고는 온갖 것을 눈에 볼 수 있는 세계로
   만들어 놓은 것처럼 보인다 — 실상 이 색채에 의해서만 세계는
   눈에 보이는 것이련만.
   사람은 선량한 태도를 창안했다. 하지만 하느님이 선량한 사람
   을 창조하는 데에 실패한 이래 대체 무엇에 대한 선이란 말인가.

6. 기도교는 에로스에게 독을 먹였다. 에로스는 그것으로 죽지는
   않았지만 변질되어 음란해졌다.

7. 기독교는 강한 사람을 전형적으로 비난받아야 할 자로, 꼭 무뢰
   한으로 여겨왔다. 모든 약자, 비천한 자, 불구자들의 편을 들어
   왔으며, 그것은 생명의 자기 보존 본능에 대한 항의에서 하나의
   자기의 이상을 만들었다.
   그것은 정신성으로 도달할 수 있는 최고 가치를 죄악이나 유혹

으로 느끼게끔 가르침으로써 정신적으로 강한 천성을 지닌 사람들의 이성마저 파멸케 했다. 그 가장 안타까운 실례는 파스칼의 부패이다.

10. 가장 절실한 사도 ― 그리스도의 열두 사도 가운데 한 사람쯤은 언제나 돌처럼 굳어 있어야 한다. 그 제자의 어깨 위에 새로운 교회를 세울 수 있도록.

13. 사랑 ― 기독교가 다른 어떠한 종교보다 정밀한 기교를 가지고 있다면 그것은 바로 그들이 말하는 사랑이라는 것이다. 가장 빈틈없는 여자와 가장 저속한 남자라도 '사랑'이라는 말 한마디로 지금까지의 자기 생애에서 덜 이기적이었던 순간을 떠올리게 되는 것이다.
양친이나 자식들, 그리고 연인들에게서 사랑받지 못하는 외로운 사람들이나 승화된 성욕의 소유자들은 기독교 가운데서 그들이 갈망했던 것을 발견한다.

14. 오직 한 사람만을 사랑한다는 것은 일종의 야만이다. 그것은 다른 모든 사람들을 희생시켜야만 가능한 것이므로 신에 대한 사랑도 마찬가지다.

15. 기도 ― 기도라는 아직 완전히 소멸되지 않고 있는 옛날의 풍습에는 두 가지의 전제 조건을 바탕으로 해야만 비로소 의미를 가질 수 있다.

첫째는 신의 기분을 진정시키거나 바꾸는 일이 가능해야만 한다는 조건이고, 둘째는 기도하는 자가 자기 자신이 무엇을 바라고 있으며 무엇을 필요로 하고 있는가를 확실하게 알아야 한다는 조건이다. 이 두 가지 조건은 다른 모든 종교에서는 받아들여지고 또 전승되어 왔지만 기독교에서는 부정되어 왔다.

따라서 기독교에서는 신이 가진 전지전능함과 일체를 배려하는 그 이성에 대한 신앙에 의해서, 기도라는 것은 근본적으로 무의미할 뿐만 아니라 독선적인 것으로 여겨져야 함에도 불구하고 기독교가 아직 기도라는 형식을 버리지 않았다는 점, 그것은 그 경탄할 만한 뱀의 교활성을 나타낸 것이다.

16. 조금 관대하게 표현한다면, 예수를 하나의 자유정신이라고 부를 수 있을는지 모른다. 예수는 모든 고정된 사물에 대해서는 관심을 갖지 않는다. 왜냐하면 언어란 죽이는 것이요, 고정된 모든 것은 죽이는 것으로 알고 있기 때문이다.

예수만이 알고 있었던 삶이란 개념, 즉 경험은 그에게는 모든 종류의 언어, 형식, 법칙, 신앙, 교리에 반대되는 것이다.

'생명', '길', '진리', '빛' 등은 그가 표현한 것 중에서 가장 내면적인 말들이다. 그밖에 모든 것, 즉 모든 현실성과 모든 자연과 언어 자체까지도 그에게는 단지 기호와 비유의 가치 정도에 지나지 않는다.

18. 기독교적인 도덕의 가설은 세계에 어떠한 기여를 하였나.

1) 사람의 작은 흐름인, 탄생과 사망이 사람의 근소성이나 우연임에도 불구하고 거기에 한 절대적 가치를 주었다.

2) 이유 없는 고뇌와 우연한 피해가 있음에도 불구하고 악은 어떤 의미로 가득 차 있다고 생각하게 했다. 그리하여 저 자유를 포함한 신의 변호사처럼 행세했다.

3) 그것은 절대적인 가치에 대한 지식을 인간이 가지고 있다고 보지 않고, 그런 인식의 바탕 위에 중요한 것에 대해서까지 적당한 분별과 인식을 인간에게 주어 버렸다.

4) 그것은 사람이 자신을 사람으로 가벼이 보아 넘기지 않도록, 사는 일에 대해 직시하지 않도록 인식하는 것에 절망하지 않도록 보호하였다. 즉 그것은 하나의 보존 수단이 되었다.

요약하면 도덕은 실천적이고 이론적인, 니힐리즘을 적대하는 큰 수단이었다.

19. 교회가 잘못 사용해서 퇴폐해버린 것들.

1) 금욕, 오늘날 금욕은 교육에 봉사할 따름이다.

2) 단식, 온갖 사물을 자세히 음미할 수 있는 힘을 끝까지 보유하는 수단으로써 단식이 이용된다.

3) 수도원, 이것은 유혹을 피하려는 것이 아니라 의무를 피하려는 것이다. 즉 환경 안에서의 이탈이다. 자극과 영향력으로부터의 이탈이다. 이런 것들을 위하여 수도원이 필요하다.

4) 축제, 기독교 때문에 인간은 축제 기분을 망치지나 않을까 하는 압박감을 느껴야 한다. 그래서 사람은 조잡해지게 마련이다. 축제 안에는 긍지, 자부심, 대담함, 고지식함, 자신에 대한 긍정, 조소 등이 모두 포함되어, 기독교가 진정으로 긍정할 수 없는 상태이다. 그러므로 축제는 이교이다.

5) 도덕적으로 자신을 가장하는 사람, 사람은 누구나 자신이 가지고 있는 욕정을 시인하기 위해 도덕을 필요로 하지 않는다.

6) 죽음, 사람은 생리학적 사실을 도덕적 필연성으로 오해한다. 그러나 죽음을 오해해서는 안 된다. 죽음은 생리학적 사실일 따름이다. 기회를 잃지 말고 죽음에의 의지를 가져야 한다.

21. 내가 신을 믿는다면 춤추는 것을 알고 있는 신만 믿으리라.

22. 얼마간의 신앙은 현재의 우리들에게는 신앙을 받고 있는 것에 대한 이의로서 충분하다. 뿐만 아니라 그 신앙인의 정신 위생에 찍혀진 의문부호이다.

28. 신과 같은 권력의 씨는 아직도 우리 안에 존재한다. 신들은 바로 우리들, 방랑의 시인이며 성자이며 그리고 영웅들이다 — 만약 우리에게 그럴 의지만 있다면.

30. 다른 사람들의 위안 — 즉 하나님과 천국을 받아들일 것을 거부했기 때문에 고통을 받아왔다. 그러나 크세르크세스(페르시아의 제왕)가 플라타너스 나무들을 사랑했던 것처럼 나는 유토피아적 미래의 가지에 매달려 왔다. 그리하여 이 같은 방법에 의해 현대의 사상으로 석화된 숲에서 하나님과 천국을 상기하고자 했던 것이다.

제9장

니체 연대기— 시대에 대한 불화와 완전한 사랑

니체의 철학은 바그너의 음악과 횔덜린의
시와 나란히 뮤즈 여신들의 왕관을
놓고 겨루는 경쟁의 장에 참가할 수
있을 정도로 예술 형식을 갖추고 있다.

니체(1844~1900)는 그의 선배 철학자 대부분이 지녔던 대학 교수로서의 폭이 좁은 삶을 살았고 예술에 열렬한 관심을 가졌다는 두 가지 특징을 공유하고 있다. 니체의 사상에서만 철학은 진리와 허위의, 진정한 표현의 예술에 최고의 자리를 양보한다. 니체의 사상은 비평, 즉 일반적으로는 인간 조건에 관한 광범위한 숙고이다. 특히 근대성에 관한 광범위한 숙고이다. 그 속에서 예술은 표현의 중요한 징후로써 뿐만 아니라 선호되는 표현양식으로써 거론된다. 그의 철학은 바그너의 음악과 횔덜린의 시와 나란히 뮤즈 여신들의 왕관을 놓고 겨루는 경쟁의 장에 참가할 수 있을 정도로 예술 형식을 갖추고 있다.

청소년 니체, 정직과 절제의 성품을 지닌 경건한 젊은이

니체는 1844년 10월 15일 작센의 프로이센 지방에 있는 뢰켄에서 태어났다. 부친은 31세의 루터교 목사로 집안 대대로 목사의 집안이었고, 모친도 루터교 목사의 딸로 당시 18세였다. 니체의 부친은 프로이센의 왕인 프리드리히 빌헬름 4세의 이름을 따서 니체의 세례명을 프리드리히 빌헬름이라고 지었다. 니체는 바로 이 왕의 생일에 태어났는데 빌헬름 왕은 수년 후 정신이상으로 죽었으며 니체의 부친도 정신이상으로 1849년에 죽었다. 니체의 운명적인 삶은 그에게도 정신이상의 덫을 씌워 그 역시 1889년 1월, 건강을 상실하고 정신이상의 상태에 이르게 된다. 독일인을 낮게 평가했던 니체는(후에는 독일인에게 많은 기대를 걸게 된다) 초기의 자전적 스케치에서 이렇게 기술하고 있다. "1848년 9월, 나의 사랑하는 부친은 갑자기 정신이상이 되었다." 하지만 동생인 엘리자베스 푀르스너 니체는 오빠에 관해서 쓴 자신의 자서전에서 니체의 스케치와는 다르게 쓰고 있다. "부친은 말에서 떨어져서 갑자기 중태에 빠지게 되었다." 사실 여부로 볼 때 당시 의사의 진단에 의하면 니체 부친의 병명은 뇌연화증이었다.

소년 니체는 정직과 절제의 성품을 갖춘 경건한 젊은이였다. 그의 높은 지적 수준과 음악적 재능은 일찍부터 눈에 띄었다. 이러한 재능은 일찍이 사립 중학교 시절에 그의 위치를 굳건하게 만들었으며,

거기서 그는 엄격한 정규교육을 받았다. 이때부터 그는 이미 독립적인 사상가로 발전하고 있었다. 그에게 가장 매혹을 느끼게 한 철학자는 에머슨이다.

후대 철학자들은 종종 니체의 철학을 유년시절에 대한 반작용으로 이해하는 사람도 있다. 민족주의, 루터, 기독교, 당대 도덕관, 독일인 등은 니체의 사상 형성에 어느 모로든 영향을 끼쳤으리라고 짐작해 볼 수는 있다. 하지만 이러한 영향을 파악하는 것이 니체를 이해하는 데 도움을 주는 것은 아니다. 왜냐하면 니체의 철학사상의 성장은 철저하게 자신의 생애에서 자기만의 전통을 따른 것으로 볼 수 있기 때문이다. 어떤 면에서는 니체가 깊고 넓은 사상적 전통을 바탕으로 새롭고 독창적인 자신의 철학을 전개시킨 것은 그의 생애를 통해 이루어진 것이다. 따라서 전체적인 그의 사상을 제대로 이해하기 위해서는 무엇보다도 그의 생애에 관한 고찰이 선행되어야 한다.

1850년, 미망인이 된 니체의 모친은 1848년에 태어난 막내아들마저 잃고 나서 나움브르크로 이사를 한다. 니체는 이곳에서 6년간을 공부했는데, 그가 받은 수업은 이미 이전에 클롭스코그, 노발리스, 피히테, 랑케 및 실레겔 형제가 교육받았었던 전통 있는 것이었다. 그는 종교, 독일문학, 라틴어와 그리스어의 고전에서 탁월한 재능을 나타냈으나 수학과 미술에는 재능이 없었다.

1861년, 니체는 독일인들에게 거의 알려진 바가 없는 철학자인 프리드리히 휠데를린에 대한 논문을 썼다. 당시 니체를 가르쳤던 휠데를린마저 그의 논문을 대수롭지 않게 평가하며 자신보다 훨씬 대중적이고 명확한 독일시인에 대해 논문을 쓸 것을 권고하기까지 했다. 하지만 이런 스승의 배려 아닌 배려는 결국 기우로 판명나고 말았으니, 니체의 이 논문은 니체 사후 60년 만에 독일에서 가장 위대한 시인 중 한 명으로 휠데를린을 평가하는 데 주요한 사료로 평가되었다.

청년기, 쇼펜하우어에서 바그너까지의 사상의 질풍노도

1864년, 니체는 고등학교를 졸업하자마자 본 대학에 들어갔다. 당시 니체는 본 대학에서 평소 자신이 되고자 했던 목사 수업을 받기 위해 본격적인 신학을 공부하기로 마음먹고 이 대학에서 신학을 공부하기 시작한다. 하지만 이때 이미 니체는 기독교에 대한 배움보다는 그리스 문화에 더 경도되고 있었다. 결국 그는 주요 연구분야를 신학에서 고전 언어학으로 바꾸고 그리스 문화에 대한 공부에 열을 올린다.

본 대학에서 신학과 고대철학을 공부하던 니체는 신학 공부를 접고 1년 후 스승인 프리드리히 리츨 교수를 따라 라이프찌히 대학으로 전학한다. 니체는 라이프찌히 대학에서 오늘의 그를 만들어 준 사상적 배경이 되는 주옥 같은 고전철학들을 접하게 된다. 당시 니체가 읽은 주요한 저작은 쇼펜하우어의 《의지와 표상으로서의 세계》였다. 이 작품을 탐독하며 니체는 비로소 자신이 어떤 공부를 해야 하는지를 깨닫고 자기만의 철학적 사유에 깊이 빠져들게 된다.

쇼펜하우어는 자기 경멸적이고 자기 부정적 예술과 천재의 숭배자이다. 그것이 바로 니체에게 매력을 주었다. 후에 그는 쇼펜하우어에게서 떨어져 나가는데 그것은 쇼펜하우어가 의지의 부정을 최고의 목표로 보았기 때문이다. 후일에 권력에의 의지를 추구하는 철학자가 된 니체는 그것을 그리스도의 복음과 마찬가지로 역시 해악하다고 보았다.

니체는 1866년 당시로서는 획기적이라고 할 수밖에 없는 박사학위도 취득하지 못한 상태에서 스위스 바젤 대학의 언어학 교수로 임명된다. 아직 학위가 없는 그를 추천한 것은 그의 은사인 리츨 교수였다. 이때 그의 나이는 불과 24세였으며 그는 바젤 대학에서 고전문헌학 교수로 10년간을 가르치다가 결국 건강 악화로 인하여 떠나게 된다. 그의 악화된 건강은 1870년 보불 전쟁 때 잠시 군대에 복무한 것과 연관이 있었다.

바젤 대학에서 니체는 수년간 바그너와 친분을 나누고, 문화사가인 부르크하르트와도 사상적 교류를 하기에 이른다. 부르트하르트는 그후로도 꽤 오랜 기간 니체로부터 존경받는 몇 안 되는 사상가로 니체에게 큰 영향을 끼치는 인물로 남는다.

1868년, 니체는 라이프찌히에서 독일의 유명한 작곡가 바그너를 만나 친분을 쌓게 된다. 이후 바그너가 니체에게 미친 영향은 실로 대단하다고 할 수 있다. 당대의 촉망받는 이 젊은 철학가는 바그너의 일거수일투족에서 자신의 이상을 발견하게 된다. 바로 바그너의 참된 인격, 청중에게 최상의 고귀함으로 다가서는 진정한 예술가의 혼을 발견하고 니체는 진정으로 자신이 본받아야 할 예술가의 초상으로 삼는다.

1870년, 니체는 보불 전쟁에 지원병으로 참전한다. 참전의 휴유증은 심각했는데, 바로 전후 심한 병으로 시달리게 되는 원인이 바로 참혹한 전쟁에의 기억 때문이었다.

1872년에 드디어 니체를 세상에 알리게 되는 대사상가의 첫 저작이 탄생한다. 바로 위대한 예술혼의 헌사인 《비극의 탄생》이 출간되는 것이다. 이 책 출간 이후로 연이어 나온 음악 저작물은, 베이루트에 거대한 오페라 센터를 세우는 등의 바그너의 희망을 지지하는 연작의 형식을 띠게 되는 작품들이다. 그러나 바그너와의 호의적인 우정은 그리 오래 가지 못한다.

1876년, 니체는 베이루트의 한 바그너 오페라 시사회에 참석해 바그너와 심하게 다투게 된다. 니체는 그 이후로 바그너를 광적으로 공격하기 시작한다. 당시 니체의 시각으로는 바그너의 작품에서 허위적 요소와 인기에 영합하려는 속물적인 태도를 발견했던 것이다. 무엇보다 니체를 격분케 한 것은 바그너의 오페라 '파르시팔'이 기독교와의 졸렬한 타협을 의도하는 바그너의 졸작으로 여겨졌기 때문이다. 그 일로 니체는 바그너에게서 심한 배신감을 느끼게 된다. 당시 니체의 바그너에 대한 배신감은 "바그너는 경건해졌다."는 한 문장으로 미루어 짐작할 수 있다.

《짜라투스트라는 이렇게 말했다》, 시대를 앞서간 초인의 절규

1879년, 니체는 오랫동안 근무했던 바젤 대학을 떠난다. 극도로 악화된 그의 건강이 더 이상 그를 대학에 적을 두지 못하게 했다. 대학 교수에서 야인으로 돌아온 니체에게 어쩌면 이때부터가 위대한 대철학가의 위대한 저작들이 탄생되는 세계 철학사의 주요한 시기인지도 모른다. 니체는 영혼의 휴식을 즐기며 여명 속에서 새로운 장르의 조망을 희망하였다. 그는 그해 《즐거운 지식》을 통해 자신의 죽음을 극복하고 한층 더 자신의 세계 속에 침잠하는 대철학자의 깊은 사유의 세계를 세상에 내놓는다.

이 작품에서 그는 부친이 사망한 나이인 38세가 되는 1880년에는 자기도 죽을 것이라고 생각하고 있었다. 그러나 그는 새로운 원기를 되찾아 더 오래 삶을 누릴 수 있으리라는 자신을 가지게 되었다

1881년 니체는 《짜라투스트라는 이렇게 말했다》의 최초의 세 부분을 10일만에 집필하였다. 니체는 이때부터 하나의 주제를 잡고 집필에 몰두하게 되면 자기만의 영감에 사로잡혀 번개처럼 빠른 시일

에 집필을 마치곤 했다. 물론 니체는 자신의 여러 저술 중에서 이 작품을 가장 사랑하고 아꼈다. 이 책에서 니체는 자신의 사상 전반에 걸친 주요한 사유들을 특유의 상징적인 형식으로 표출하고 있다. 예의 니체식 문장이랄 수 있는 은유와 격언이 강물처럼 흘러넘치는 세계사에 유례가 없는 독특하고 영적인 독보적인 경지의 사유의 세계가 바로 《짜라투스트라는 이렇게 말했다》이다. 그는 또한 이 책을 이해하는데 도움을 주기 위하여 《선과 악의 피안》, 《도덕적 계보학》 등을 집필하게 된다.

1882년 8월, 니체는 극심한 고독 속에서 이 책의 2부를 실스 마리아에서 썼으며, 3부는 다음해 1월에 니스에서 집필하였다.

1888년, 니체는 오랫동안의 병고와 회복을 거치면서도 사상적으로 충만함에 젖어 가장 활발한 집필에 몰두하게 된다. 이때 그가 6개월에 걸쳐서 완성한 작품들은 《바그너의 경우》, 《안티크리스트》, 《이 사람을 보라》, 《바그너 대 니체》 등 주옥같은 명저들이다. 그러나 그해의 무리한 집필 결과 그는 1889년 1월 투린의 길바닥에서 졸도하여 그의 친우 오베르벡에 의하여 바젤로 옮겨졌다.

바젤의 병원에서 그는 다시 예나의 정신병 요양소로 옮겨갔다. 이 요양소에서 《교육자로서의 렘브란트》를 저술한 율리우스 랑그베엔이 "만일 자기가 환자를 마음대로 치료할 수 있도록 허락만 한다면 고칠 수 있다."라고 이야기 하였으나, 니체의 모친이 이를 거절하고 그를 집으로 데리고 왔다. 그는 계속 모친의 간호를 받았다. 니체의 명성이 점차 알려지게 되자, 엘리자벳이 남편을 잃고 파라과이로부터 돌아와 그를 돌보았다. 모친이 사망하자, 엘리자벳은 오른편이 마비되어 제대로 거동도 못하는 그를 바이마르로 데리고 갔다. 니체는 여기서도 3년간을 동생의 간호를 받아가 1900년 8월 25일 괴테의 도시에서 누이동생의 손길 아래 눈을 감았다.

예수는 '인간을 구원' 하기 위해 죽은 것이 아니라
'인간은 어떻게 살아야 하는가' 하는
방법을 가르치기 위해 죽었다.

옮긴이 **나경인**

숭의여자 대학을 나와 현재 SBS 번역대상 최종심사기관으로 위촉된 (주)엔터스코리아 전속 번역가로 활동중이다.

역서로는 《석가와 만난 예수, 예수와 만난 석가》, 《세계 종교 여행》, 《5뇌 혁명》, 《중년의 달인》등이 있다.

안티크리스트

초판 1쇄 인쇄 | 2014년 8월 7일
초판 1쇄 발행 | 2014년 8월 14일

지은이 | 프리드리히 니체
옮긴이 | 나경인

발행처 | 이너북
발행인 | 김청환

등록번호 | 제 313-2004-000100호
등록일자 | 2004. 4. 26.

주소 | 서울시 마포구 독막로 27길 17
전화 | 02-323-9477, **팩스** 02-323-2074
이메일 | innerbook@naver.com

ISBN 978-89-91486-74-4   03850

http://blog.naver.com/innerbook